新潮文庫

夜の木の下で

湯本香樹実著

新潮社版

10807

目次

夜の木の下で

緑の洞窟

その頃住んでいた借家の庭に大きなアオキの木があって、枝葉の重なりあった濃い緑のひとかたまりは、よく見ればもとは並んで植えられた二本の木なのだった。私はその発見を、誰にも話さなかった。六歳から七歳にかけてのほぼ一年間、それは私にとってはじめての秘密だった。たいていの男の子が――いや、男が――そうであるように、私も子犬のように活発で、アマガエルのように陽気で、小猿のように何かにしがみついていたかった。今考えると、あの秘密がなければいろいろなことが違っていた。もちろんどんな些細（ささい）なことであれ、なければ何かが違ってくるのだけれど。

つややかな緑の繁（しげ）りをかきわけ、潜りこんでしまうと、そこは二本の木が足もとをくつろがせる洞窟（どうくつ）だった。湿った土のにおいと、腐葉土（ふようど）の上を這（は）い回る虫たち。葉のあいだから明るい外に目をやると、自分の家が、まるで深い森を彷徨（さまよ）った末に辿（たど）り着いた見知らぬ場所のように映り、何度でも、その度に、息をのんでしまう。小さな花壇のホウセンカや松葉ボタン。蹲（うずくま）ったまままわずかに首を傾（かし）げた三輪車。ガラス窓の向こうで母がミシンを踏み、テレビの画面が奥の暗がりで瞬（またた）いている。私にとって家が知らない場所なら、家にとっても私は知らない子供のはずだった。その隔たりの感触は、心地よかった。アオキの木の下の、静かで湿ったところに吸いこまれてしまう私は、箱に入らずにはいられない猫と同じようなものだった。

現在の私はトロントに住み、カナダ人の妻との間に娘がひとり、ベーリング海峡がまだ陸続きだった頃のことを学生に教えている。日本で暮らすことはもうないだろうと両親もずっと前から諦めていたはずだが、その父が三カ月前に亡くなった。医師が告げた余命よりはずいぶん長く、病前の生活環境をなるべくそのままに保った末の、穏やかな旅立ちだったといえる。葬儀を終え、母にカナダで暮らすつもりはないかと重ねて訊ね、すると母は母でいつものように、困ったような笑みを浮かべて首を横に振った。私の幼い頃を語るとき、母は死んだ子を語るひとの口調になる。そしてそれはある意味で、きわめて正確なことだった。

トロントに戻る飛行機のなかで、ふと問いかけられた気がした。いったい何がおまえをここまで運んできたのか、と。妻との出会い、研究所勤めの日々、日本での学生生活……振り返り、遡り、幾重にも重なった薄地の幕をかきわけるようにしていくと、あのアオキの木があった。アオキの木の下の、抜け目ない時間の神さえ見落とすようなあの場所が。

日曜日だった。小学校の入学式を間近に控えていた。空は灰色の雲に覆われ、とても寒かった……そんなふうに小さな事柄を、水が渦を巻きはじめるときのようにゆっくり手繰ってゆくしかない。父は私たちを公園に連れて行ってくれた。私たち、というのは私と双子の弟のヒロオのことだ。生まれつき体の弱かったヒロオは、いつも家の中心にいるという意味では太陽のような存在だったけれど、それは弱々しい光を放つ冬の太陽で、家のなかには長い影が落ちていた……というよりヒロオそのものが慎ましい影のようなものだったのだ。その影がじつはやさしい木陰だと気づいたのは、ずっとあとになってからのことだ。

長身の父は大きな歩幅で歩いた。私はその父に遅れまいと、小走りについていった。そんなことははじめてだったのだ、父親と公園に行くなんてことは。父は印刷会社の勤め人で、けれど私にとってはもっと眩しくて奥深い何か……たとえば静かに漂う香ばしい煙草の煙であり、眼鏡をはずした途端に鋭さを露わにする、あの父特有の濡れたような目であり、門をくぐって踏み石を踏む、ただそれだけで家中に静けさと秩序をもたらす重みのある靴音だった。あの頃、父の顔を真正面から見た覚えがない。

ヒロオは私のように父のうしろを歩こうとはせず、道の反対側を遅れがちについてきた。何度か父は立ち止まり、「こっちに来なさい」と声をかけたけれど、弟は立ち竦み、じっとこちらを見つめて気まずい時間が過ぎてゆくのをただ待っている。何度繰り返しても、同じだった。無言で再び歩き出す父の後ろに付き従いながら、私はときどき振り返ってみずにはいられなかった。双子といってもヒロオは体格も体力も私に数段後れをとっている。骨が丈夫でないから知力もつかないのだ、というのが母の口癖だったけれど、頭が鈍かったとは思えない。むしろ私が見逃していることをよく見ていた。私はヒロオに対して、自分より弱い者に対する態度をとるよう周囲から求められ、そのようにしてきたが、そうすることで自分を守っているという朧気な自覚があった。ヒロオは私自身よりずっとそういう私をわかっていて、私もまたヒロオがわかっているということを、どこかでわかっていた。

そのヒロオが父の言うことをきかない……！　私は理解に苦しみ、不安になった。自分は父と公園に向かっている、なにひとつ変わっていない、大丈夫だ、と胸のうちで確認しながらふと見れば、当のヒロオはうつむき加減で、道に落ちている何かに気を取られたりしながら、いつも膝を摺り合わせているような曲がった細い足をへなへなと動かしている。私と目が合うと、間のすいた前歯を見せてにこっとした。私は怒った顔をして目を逸らした。

私たちが赤ん坊だった頃はまだ、そのあたりの住宅地は暮れ時になると、群をなした野犬が駆け抜けていたらしい。夜など遠吠えが物凄かった気がするのは、後から大人に話をきいて付け足した記憶だろうか。犬たちの巣窟は町外れの丘陵地で、私が三歳になる年に造成が始まり、狼のような声も姿もふっつり消えた。造成地にはその後、ニュータウンと呼ばれる団地が年々棟を増やしていった。父が連れていってくれたのは、そのニュータウン内にできたばかりの公園だった。

真新しい遊具はどれも大きく、挑みかかってきそうでこわかったのを憶えている。つやのいい青色のペンキで塗られた金属製の滑り台が、まだ平らに均しただけの敷地の中央で、薄曇りの空の光を吸い寄せたように鈍く輝いていた。私は奥歯を嚙みしめて滑り台に近づくと、父の前で怖じ気づいてなるものか、と梯子段を一段一段上った。てっぺんまで来ると、公園中が見渡せた。金属の手摺りを摑み、おそるおそる背を伸ばし、すると冷たい空気に肺は膨らんで、そのまま体ぜんたいがひとまわり大きくなるかと思われた。砂場で遊んでいる小さな子たちがいた。うんていにぶらさがっている、少し年上の子もいた。その公園でいちばんの高みにいるのは私で、ベンチでは父が静かに、眼鏡の奥の目を細めて煙草を吸っている。早く大人になりたい、と私は心のなかで唱えた。それはなかば習慣化した呪文のようなものだった。大人になったら、戦争で奪われた親たちの富や時間や幸福を黄泉の国から取り戻すのだ。戦争さえなかったら、祖父は財産を失わずにすみ、私がよく似ているという母の兄は命を失わずにすみ、父は学業を続けて望んでいた未来を失わずにすんだ……あの頃はそんな話を子守歌がわりにきいて大きくなった子供がたくさんいて、私もそのひとりだった。父の兄弟たちは私をためつすがめつしては言う。俺たちは悪い時代に生まれたが、おまえは宇宙にだって行けるんだぞ……

けれどヒロオの前では口をつぐんだ。皆の表情から力みが消え、言葉以前の仄暗い場所を胸のうちでさまよっていた。

風に頰をはたかれ、思い出した。上ったからには下りなくてはならないことを。えい、と滑って呆然となる。速すぎて、まるで時間が盗み取られたみたいだ。どこか納得がいかず、もう一度やってみずにはいられない。でも私ははやる気持ちを抑えてヒロオの手をとり、自分がいま征服したばかりの場所に導いた。いつもそうしているように。そしてヒロオもいつものように、私から与えられるものを信じきって受け取った。

すぐに二人とも夢中になった。流れるような感覚に身を任せ、着地すればまた梯子段に走り寄る。私が両腕を上げて滑ると、ヒロオも両腕を上げて滑った。私がインディアンの雄叫びをあげると、ヒロオも雄叫びをあげた。ヒロオが金属の手摺りのにおいを嗅ぐと私も嗅ぎ、そのときヒロオはいつもの子供用シロップのにおいでなく、果実のような汗のにおいがした。上っては滑る、滑っては上る、その繰り返しをどんどん早めてゆけば、トラがバターになってしまった話のように時間は溶けて、永遠に体いっぱい風を受けていられるかもしれない。

でも私が勢いづくのとは反対に疲れてきたのだろう、ヒロオは滑り台のてっぺんに座りこみ、からだの位置を定めるのに手間取っていた。私はその背中に向かって足を踏みならし、クラクションの口真似をして急かした。

待ってよトシ、もうすぐ、もうすぐだからね、さあもういいよ、オーケーだよ……

ヒロオの体は不安定に傾いで、左手は宙を泳いでいた。焦るあまり「もういい」などと言ったのだ。いつもなら簡単に、そう見きわめられるはずだった。だが気づいたとき、私の手は弟の背を押していた。

泣き声があたりを切り裂き、私はまだ身動きできずにいた。父がヒロオを抱き上げ、額にできた擦り傷を確認して息をつく。「さあ立つんだ、自分で立ってごらん」

ヒロオは泣きながら、ふらつく足で立った。私は夢から覚めたように梯子段を下り、駆け寄った。ヒロオが泣いているのだ。そしてヒロオが泣いているときどうすればいいか、私は誰よりも知っているつもりだった。

「押したのか」

行く手に父が立ちはだかった。私はただ父の顔に目をこらしていたのだと思う。突然、頬が焼けるように熱くなった。何が起きたのかわかったのは、砂場のそばにいたよその母親たちが、じっとこちらを見ていることに気づいたときだ。だんだん痛みがやってくるなかで、これからどうすべきなのか誰かに教えてほしかったけれど、母親たちは目を逸らしてしまう。父は既に弟の手を取って、公園の出口に向かっている。頭のなかで何かがくるりと一回転して、私は滑り台の梯子段を上った。滑り降りるとまた梯子段を上り、滑り降りた。脇目もふらずにそれを繰り返したところで、時間を巻き戻すことはできなかった。父の後ろ姿は曲がり角の向こうに消え、母親たちは散り散りになっていった。

それからの数カ月、たとえば算数のドリルを解いたり風呂に入ったり、何をしていようとふと気づくと、公園でのことを思い出している。「じぶんはたしかに弟の背中を押しました」と白状してしまえばよかったのだろうが、どうやって父に話しかけたらいいのかもわからない。それに今更そんなことをする勇気など到底なかった。

いつしか私は、こっそりと、弟のようすを窺い見るようになった。あのとき父の顔にあった、ふだんの父からは想像もつかない激しさ。そんなものをヒロオは引き出せるのだ。でも肝心の弟はあいかわらず昼寝用の毛布にくるまり、百回読んだ絵本をめくったりしている。入学するなり、小学校も休んでばかりだった。なにごとも人のいちばん後ろをついていければよしとする姿勢を淡々と守っているようすは、素直なのか頑固なのかよくわからなかった。たいていは機嫌がよく、気前もよく、いつも私と喋りたがった。私が背中を押したことはあっさり忘れてしまったか、もしかしたら押されたことがわかっていなかったのかもしれない。父のヒロオに対する態度も、何ひとつ変わらなかった。また熱を出していると聞けば眉をひそめ、ときどき母を「ヒロオを甘やかしすぎる」と叱った。

私は今か今かと待っていた。公園に連れていってやろう、と父が再び言い出すときを。今度こそ、失敗するまい。けれど好景気のさなか、父が家にいる時間は減る一方だった。ああ今週も駄目だな、とわかるといつも、まるで他人の腕がくっついたみたいに腕がだるくなる。「おまえは弟の背を押した腕を脱ぎ捨てたいのだよ、どれひとつ私が切り落としてやろうじゃないか？」という意地の悪い声が耳もとにきこえてくる。それでも、不思議な力にとりつかれたように「諦めてはいけない」と自分を奮い立たせた。そして再びチャンスが巡ってくるまでの時を有意義に過ごすべく、自らに課題を与えた。子供用文学全集の第四巻（あるいは第七巻でも第十一巻でも）を読み終えること。アルファベットの練習帳を一ページでも多く埋めること（近所のモルモン教会で信者獲得のための無料の英語塾をやっていて、私と弟はそこに通っていた）。ひそかな取り決めが、私のなかに積もっていった。

結局、私の望みが叶わなかったのは、大雨で土砂崩れがおこり、ニュータウンの工事中の一棟と一緒にあの公園がなくなってしまったからだ。丘陵地を性急に造成した、工事の手抜きが取り沙汰された。失望すると同時に、私はほっとしてもいた。なくなってしまったのなら仕方がない……

でも腕はあいかわらずだるかった。土砂崩れのニュースから少し経った頃、ヒロオの体調のよい日を見計らい、私はそれまで自分ひとりのものだったアオキの木の秘密を弟に明かした。それは贖いというよりは、私なりに釣り合いがよいと感じられるある種の取り引きのようなものだった。

緑の洞窟のなかで、ヒロオはアオキのふたつの根もとをひとしきり眺め、私がいつもしていたように外に目をやり、それから声をひそめて「海底みたいだね」と言った。海底なんて行ったこともないくせに。でも言われてみると、そう思えてくる。それから「潜水するときものすごく大事な」耳抜きの方法を教えてくれた。ヒロオは子供向けのハウツー本をよく読んでいて、私の知らない変わったことをいろいろ知っていたのだ。鼻をつまんでやってみると、耳のなかでぱちぱち空気が弾ける音がした。やがて、耳からだけでなく片方の目頭からも、細い細い息の筋が流れ出ていることに気づいた。右目から、と私が言うと、ヒロオは白い顔を驚きに輝かせて「僕は左から」と言った。

「誰にも内緒だよ、トシは右で僕は左ってこと」

「どうして」

秘密だからだよ、と答えた声は真剣なあまり掠れていた。

「ここでキャンプしようか。お菓子と懐中電灯と蚊取り線香と……」

私がそんなことを言いだし、するとヒロオは瞬きして黙りこんでしまった。どうしたのかと覗きこむと、「蜜豆の缶詰も」と言ってにっこりした。

その夏は雨が多かった。近所の友だちと、当時はやっていた紙と鉛筆だけの戦争ごっこをしてよく遊んだ。紙に鉛筆の先を垂直に立て、上から押さえている人差し指に瞬間、力を加える。紙の上を芯が勢いよく走り、一筋の線が残る。遠くまで線が走ればより多く進んだことになり、かわりばんこに線を継ぎ足していきながら、相手の陣地を侵略するのだ。友だちを家に連れてきてヒロオを仲間に入れてやると、意外なことにヒロオは誰よりもこの遊びが上手かった。私やほかの子のように、遠くまで線を延ばそうとするあまり力を入れすぎて、鉛筆の芯を折ったり紙を破ったりということがない。友だちは皆、いったん馴染(なじ)んでしまうとヒロオの体力の加減を子供なりに察して、疲れが見えはじめるとさらっと帰っていく。まだ帰らないでよ、と言うのはいつも私でなくヒロオだった。

ヒロオが友だちと遊んだり、私と庭に出たりするのを母は喜んだ。病院通いも少なくなって、家のなかの空気がなんとなくゆったりしてきたのは私にもわかった。あるとき、子供たちが小学校に上がったのだから、と母は写真館に予約を入れた。

電車を二回乗り換えていく大きな町だった。鳥の足跡のような変形交差点に面した写真館の前で、その日、私たちは父を待っていた。そこは父の会社から近かったので、父が仕事を少しばかり抜けてきて、家族四人で撮影してもらうことになっていたのだ。写真館の庇(ひさし)の下で、私は立ち並ぶ広告塔やアドバルーンを、瞬きしながら見上げていた。母は水色の訪問着に金糸の入った帯を締め、髪をきれいに結いあげていた。

ヒロオは自動車にすっかり心を奪われて、晴天の九月の日射(ひざ)しの下に出ていっては、母に呼び戻されている。私はアドバルーンにも自動車にも飽きると、鼻の頭をガラスに擦(こす)りつけるようにして、写真館のウィンドウを覗きこんだ。そこには晴れ着姿の女性や家族連れといった、いかにも記念写真らしいものや、理髪店の店先にあるような妙に気取った男のポートレート、あるいは優雅にポーズをとるバレリーナの写真が、暗赤色のビロードを背にして飾られていた。写真の人たちは年齢も衣装もてんでんばらばらなのに、どことなく似て見えた。紋付の老人も、カーリーヘアに濃いアイラインの若い女も、私の知らない、はるかに遠い、同じ小さな村の出身者のようだった。なかに一枚、私と同じ年頃と思われる男の子のポートレートがあった。一重瞼の、少し意地悪そうな目つきの子だ。私は写真の男の子と、しばらく見つめ合っていた。睨み合っていた、と言ってもいいかもしれない。するとふいに、ありありと、その子が自分の部屋にいる様子が目に浮かんだ。水色の絨毯を広々と敷き詰めた、明るくて涼しそうな部屋だ。玩具の色鮮やかなブロックが散らばっているなかで、その子は絨毯にぺたりと座りこみ、袋菓子を熱心に食べている。

ひどく不安な情景だった。気持ちのよさそうな部屋で、子供が菓子を貪っているのがなぜ不安だったのかと訊かれても、うまく説明できそうにない。それでも私はその子に向かって叫びたいほどだった。そこにいては危険だ、と。

思わず目をしばたたいた。写真の男の子はウィンドウのなかで、さっきと同じ少し意地悪そうな目をこちらに向けている。日射しはいつの間にか、庇の奥まで届いていた。ワイシャツは汗だくで、ウールのズボンはちくちく肌を刺し、蝶ネクタイが喉を締めつけた。夏の名残のなかで、ヒロオと私は入学式のときの服を着せられていたのだ。ヒロオがぐったり母の着物の裾にまとわりついていたけれど、母は叱りもしない。博多織のハンドバッグからガーゼのハンカチを取り出し、ふやけてしまったような弟の顔を拭いている。その母の顔もおしろいがまだらになっている。私はふたりのようすをぼんやり眺めていた。ふと気づくと、母が私の蝶ネクタイを直そうとしていた。細い指が私の喉に触れる。胸元や首筋を、柔らかな、神経の張りつめた掌が撫で、すると胸のなかで何かがぱちんと弾けた。目の前が一瞬ぐらっとして、私はなんとか踏みこたえた。私が胸を押さえるのと、母の手が離れるのは同時だった。

その夜、夜更けに一度だけ目を覚ますと、台所で父と母が言い争っているのが聞こえた。母が大きな声をだすことなどなかったから少し驚いたけれど、すぐまた眠ってしまった。そしてあの水色の絨毯の部屋にいる夢を見た。私は食べかけの菓子の袋をきちんと口を縛って戸棚にしまい、散らばっていたブロックをひとつ残らず使って塔のある建物を組み上げた。その部屋から危なげな空気はきれいさっぱり消えていた。私は安心してベッドに横になり、夢のなかでもう一度眠りに就いた。

それからしばらくのあいだの記憶はぼんやりしている。いろいろ忙しかったのだ。私の知能テストの結果がでて、すると塾やら児童能力研究云々といったところからさまざまな誘いが来た。今考えるとなかには怪しげなのもあったけれど、父も母もそういう流れを芳しく思っているようだったので、私はどこにでも出かけていき、面接やテストを受けてきた。生まれてはじめてひとりでバスに乗ったのも、この時期のことだ。

ヒロオが「木のとこに行こう」と言ってきたのは、十一月の寒い日曜日だった。私はうやむやな返事だけして、急いで出かけてしまった。うしろめたいような、なんともいえない気分だった。あれはいったいなんだったんだろう、と自分で自分に首を傾げてみるしかなかった。以前は毎日のようにあんな薄暗い、湿った場所に潜りこんでいたなんて。胸苦しくなるほどあの場所に行きたかったなんて。

午後、その年最初の木枯らしが吹いた。家に帰ると、ヒロオはどこにいったのかしら、と母がうろうろしている。最初はまさかそこにいるとは考えなかったし、そのまま英語を習いにモルモン教会に出かけた。帰ってくると弟はまだ見つかっていなくて、そのときになってはじめて私は庭に出てみたのだった。アオキの葉陰では、女の人の指先ほどの硬い実が、赤く色づきはじめていた。冷たく湿った腐葉土の上で、ヒロオは台所から少しずつくすねていたのだろう、蜜豆の缶詰を積み上げ、それを番するようにしゃがみこんだまま眠っていた。私に気づくと「懐中電灯忘れた……」とだけ言って、すぐにまた目をつむってしまった。体が冷えきって、起きられなかったのかもしれない。母に抱きかかえられる段になって、キャンプするんだ、と駄々をこねて泣きだした。「冬になっちゃうよ、冬になったらキャンプできなくなっちゃうよ」と言って。

あの日、結局私たちは三人だけで写真館に入り、撮影してもらった。頼めば延期することもできただろうに、母がそうしなかったのは、気が小さくて言い出せなかったのか、それとも父に対してあまりに腹を立てていたからだろうか。昨年、父の見舞いに帰国して、納戸の整理を手伝ったときのことだ。簞笥の裏の暗がりに厚紙のようなものが落ちている。拾い上げてみると、件の写真だった。

私は弟と私の幼さに目を見張った。もちろん、一般に小学校に入ったばかりの子供がどのくらいのものなのかはわかっているつもりだし、あまり上等とはいえないが私も父親になり、娘を育ててきた。それでも不意打ちを食らったようになったのは、あの日の自分がまだそのまま、自分のなかにいたせいだろう。滑り台のことがなかったら、父は交差点に来てくれただろうか……子供なりに切実だった疑問が一瞬甦り、古い家の湿った空気に溶けていった。

「喋りはじめたのも遅かったけど、口数の少ない子だったね」

いつの間にか母がそばにきて、一緒に写真を眺めていた。

「なんにも言わないんだもの、ずいぶん困ったよ」

「誰が？」ヒロオだろうか、私だろうか。

でも少し耳の遠くなってきている母には、きこえなかったらしい。「読み書きは、教えないうちからできたんだよ」とだけ言って、納戸から出て行ってしまった。

写真のなかの母は、何か脈絡のない思いに占領されているような、そういえばあの頃よくしていた表情でこちらを見つめている。ヒロオは可笑しくなるくらい口をへの字に曲げ、顎を突き出し、こんなことにはまったく我慢がならない、という抗議の声を体中から発している。ヒロオの不満げな目もとのあたりを、私は指先でそっと撫でた。その隣で蝶ネクタイもきりりと、まるで子供服のモデルみたいに背筋を伸ばし、真っ直ぐカメラを見つめている私。父が現れないと、最初から知っていたみたいに。

病気だとわかる直前、亡くなる二年ほど前に父と電話で話したことがあった。たまたま母は外出中で、私は受話器の向こうの父に、遊びに来てほしいと言った。そういう話を母としかしていなかったことに思いあたったのだ。

「バスルームの改築を自分でやったんだ。なかなか快適だよ。近くにきれいな湖もあるし」

だが父は小さく咳払いして、母は飛行機が苦手だし、自分ももうあまり遠くに行く気はない。それに猫がいるから留守にはできない、と言った。

「猫？　猫なんて飼ってるの？」

「野良がいついただけだよ」

父は庭に来る猫に餌をやっていて、家にも入れているという。猫は父の使う油っぽい整髪料が気に入っているらしく、毎朝、眠っている父の白髪頭をざらざらした舌で舐めて起こす。めずらしくうれしそうに、父はそんなことを話した。私は父と猫という図が、どうしても想像できなかった。父は私の知っている父とは別の人間みたいだった。もちろんそれで当然なのだろう、父には父の時間が流れたのだから。

成長して体力がつけば、普通のお子さんと同じになるから心配することはないですよ、という医者の見立ては当たらなかった。弟はいつもと同じような風邪から肺炎を起こし、あっけなく死んでしまった。小学三年の秋のことだ。結局、私が弟と一緒に過ごした、とほんとうに言えるのはあのひと夏だけだった。ふたりでアオキの葉むらに潜っていったとき、弟の目のなかにやがて来る運命の翳りはひとかけらもなかった。だがそれは突然やってきたわけではなく、少しずつ忍び寄っていたのだろう。私はそれを感じ取ることができなかった、ということだ。

弟が亡くなってからのいろいろな雑事がすむと、父は口をきかなくなった。もともと無口だったから、最初はまさか喋ろうにも声が出なくなっているとは母さえ気づかなかった。数カ月経って声を取り戻した父は、あるとき母に言ったのだそうだ。もっとやさしくしてやればよかった、たくさん声をかけてやればよかった、そう思ったら声が出なくなってしまった、と。父はその後も相変わらず無口だったが、沈黙が威圧感を持つことは二度となかった。ときには私に不器用な言葉をかけてくれるようにもなったけれど、私はずっと馴染めなかった。母は最初の落ちこみから脱すると、前よりお喋りになった。上滑りなお喋りの合間には、消しようのない怒りや苛立（いらだ）ちが顔をのぞかせたものの、父は不安な空白を母が埋めるに任せた。

弟の葬式の日、私は騒がしい家から抜け出して、アオキの木の下に潜りこんだ。ほんとうに久しぶりだった。深く身を沈めてしまえばそこは以前と変わらない、海の底のように静かな場所だった。私は鼻をつまみ、弟の教えてくれた耳抜きをしてみた。だが息が漏れるはずの右目は、みるみる涙でいっぱいになってしまった。

親類の大人に見つけられたとき、私は冷たい腐葉土の上でからだをまるめ、頬を涙の跡と泥で汚して眠っていた。奇妙なことにその男は、私を弟の名で呼んだ。単なる呼び間違いではあるけれど、私は目を覚ましたとき、自分が弟になったのだと思った。

死んだのは弟ではなく、前の私なのだ。悲しみのあまりおかしな考えにとりつかれたのかも知れない。だがアオキの木の下で、そのささやかな魔法が行われたのだと私は信じた。

私鉄沿線の分譲住宅地の一画を購入し、私たち一家が借家を後にしたのはその翌年のことだ。今も私のなかにはあの緑の洞窟があって、しようと思えばいつでも、心地よく湿った暗がりからこの世界の不思議さに目を見張ることができる。他人から見て、弟が死んでから私がどこか変わったのかどうか、それはわからない。きょうだいが死んだのだから変わって当然だし、あのアオキの木の下で起こったことは、たぶんほんの小さな子供にだけ与えられる心やさしい慰めであって、それ以上の何でもないのだ。けれど今も、たとえば夜間飛行の眠れない座席で、私は痛くもない耳が痛いようなふりをして、そっと鼻をつまんでみることがある。そして右ではなく左の目頭に、一筋の細い息が流れることを確かめてようやく、浅くて夢の多い眠りにつくのだ。

焼却炉

舟を漕ぐ人が歌うように、綿花や果実を摘む人が歌うように、私たちは掃除当番のとき聖歌を歌った。ミッション系の女子高で、附属幼稚園から仕込まれていた聖歌は誰もが隔てなく歌えた。最初の一節を誰かしらが口ずさみ、もう一人が声を合わせる。やがてその場にいる皆が、モップを動かしたり水を撒いたりしながら『あめのきさき』や『われらの母なる』を、きれいな二部合唱でワンコーラス、ツーコーラス、もうワンコーラスと歌いあげるのだった。

あめのきさき　てんのもん
うみのほしと　かがやきます
ゆりのはなと　けだかくも
さきいでにし　きよきマリア
アヴェ　アヴェ　アヴェマリア……

果てしない廊下を、歌いながらモップの柄を自在に操り歩いていった。掃除とは私たちにとって、磨き上げた空間を隅々まで歌声で充たすことだった。と、そんなふうに追想するのは、もはや記憶が年月を経て膨張しているのだろうか。午後の音楽室のグランドピアノが、スチームの暖気の向こうで揺れる窓外の林が、光の中を舞うチョークの粉が、小豆色に塗装されたロッカーの木製の扉の感触が、いったいどこに隠れていたのか、深更の玩具の行列のようにしずしずやってくるのを止められない。一片の歌詞が旋律をまとって唇からこぼれる。二十年も経つのに、そらで歌える。今の今、私はハの字に並んだ机を拭きながら、滑らかに張りつめた手の甲、かたちだけは今と変わらない角張った爪とそこに浮かぶ白い三日月をまざまざと目にしている。黒板拭きを叩くとき反らした背骨のしなやかさ、両手で包みこんでしまえたウエストの感触から、臍の少し上にあった（いつのまにか消えていた）ホクロのわずかな突起、黒々した髪の重さ、左右で著しく大きさの違った乳房まで、十代の自分のからだをあますところなく感じている。そのからだでブラシやモップの柄を摑み、青みがかった灰色のタイルや陶製の白い便器を清々しく磨き上げるときの、ほかの掃除にはない、ちょっとした、壁を越えるみたいな感覚も。

私はトイレ掃除が好きだった。白いクレンザーを惜しげなく撒き散らし、水をふんだんに使っては皆で笑い転げた。聖歌の旋律を口ずさみながら、不格好な蛇口や石鹸置きたちの世話を焼き、こういう「ちょっとした汚れ仕事」が未来の幸せにセットされているらしいことを、おなかの底の底のしんとしたところで少しずつ受け入れていった。

でもひとつだけ、敬遠したい仕事があった。焼却炉に行くことだ。まず白い琺瑯の汚物入れのなかみを、段ボール箱にあける。その箱を、誰か不運な子が焼却炉に運ばなくてはならない。焼却炉は正面玄関を出て、埃の舞い上がるグラウンドを突っ切り、茶道部が使っている日本家屋の前を通って、ケヤキの大木の立ち並ぶ講堂の脇を抜け、幼稚園の裏の菜園に入り、菜園の細い泥道を行ったその奥にある。道のりは長く、冬は寒く、夏は日射しに焼かれ、雨が降れば靴が泥にまみれた。当然、行きたがる子はいなかった。何よりいやだったのは、その箱を持っているところを男性の教師に見られてしまうことだった。

それでも、ある時期から私は焼却炉に行く役を買って出るようになった。誰が行くかでジャンケンしたりくじをひいたり、そういうお決まりの手続きが煩わしくなったのだ。箱のふたがおごそかに閉じられる。素早く片方の手穴に指をひっかけると、幸いなことに誰かしらがもう一方を引き受けてくれた。「焼却炉に行くときはふたりで」

という不文律があったのだ。そのふたりめは、気づいてみるといつもカナちゃんだった。

カナちゃんと私は、それまでとくに仲がよかったわけではない。でも私の名字が吉岡でカナちゃんが柳田だったから、掃除は一緒になることが多かった。なぜ私につきあってくれたのか、そういえば話したことはなかったけれど、カナちゃんが「あの焼却炉、かわいいよね」と言ったのはよく憶えている。

「かわいいって」

「……かわいくない？」

私はカエデの下を歩きながら、夏以外はほとんどうち捨てられたような菜園を思い浮かべた。そこで草の実をついばんでいるニワトリ、ニワトリの足跡のついた乾いた土、日に晒されて印刷の薄くなった肥料の袋や雨ざらしのスコップを思い浮かべた。そういう周囲とはどこか馴染めない感じで、銀色の煙突のついた箱形のそれがじっと立っている……

「なんか手作りロボットって感じ」

私の答えに、彼女はあっさりうなずいた。カナちゃんはよく、何か含みのあるようなフフという笑い方をしたが、そのときはそんな笑いをみせる気配もなかった。

「いっつもひとりで待ってるんだよね。畑の奥で」

へえそんなこと考えてるんだ、と思った。カエデからこぼれた陽の光が、カナちゃんの白い頬で瞬(またた)いている。見上げると、白くふっくらした半月が浮かんでいた。

「でもさあ」

なあに、と今度は、私より少し背の低いカナちゃんが顔を上げる。

「せっかく待ってても、こんなもの放りこまれちゃうんだよね」

私はそう言ってハハハと笑い、カナちゃんと一緒に持っている段ボールを軽く揺すった。「今日は意外と少なかった」

カナちゃんは冗談でなくいやそうな顔をしている。

「……カナちゃん不思議じゃない？」

「何が？」

「多いときと少ないときがある。気づいてなかった？　みんな一斉にオンナノコになるときがあるんだよ」

私たちは生理と言うかわりに「オンナノコ」という言葉を用いた。女子校だし、そんなときくらいしか自分たちが女の子であることを意識する機会がなかったせいかもしれない。

カナちゃんは今度こそいつものフフという笑いをみせて、「ユリってやっぱり変わってる」と言った。

焼却炉は底面積が二平米あるかないかで、金属製の重い両引戸が左右に開く。開口部はせいぜい縦横五、六〇センチというところ。だからあまり大きな段ボールだと、箱を横にしたり縦にしたり、無理やり押しこもうとしているうちに……という惨事については語り継がれていたものの、いったい誰が、いつ、そういう目にあったのか、ほんとうのところ誰も知らなかったのでは？　と、今頃になってどうでもいいことが気になったりする。

箱はたいてい、私が用務員室で選んできた。私はちょうどよい大きさの箱を見つける選択眼に長けていた。というか「今日はどのくらいあるか」ということについて、私の勘はよく当たった。十代の頃というのは誰しも役にたたない超能力をひとつやふたつ持っているもので、たとえば目の前のクラスメイトが生理かどうか、あの頃の私は訊かないでもわかったし、箱が焼却炉に入らないとかふたつになってしまうとか、そういうみじめな失敗は一度だってしなかった。放りこんだら銀色の扉をがしゃんと閉めて帰るだけ。でも、すぐ立ち去ることは滅多になかった。炉の扉を開けたまま、熾火（おきび）が段ボールに移って勢いよく燃えはじめるのを、ふたりで頬を火照（ほて）らせて眺めていた。「あれ」がちゃんと焼かれるのを、焼き尽くされてしまうのを、確認したかったのかもしれない。そういうときに聖歌を歌うことはなかった。炎の燃える音に、聞き入っていたのだ。

「火を見ていると、心が安まる」

べつに私は冗談のつもりではなかったのに、カナちゃんが珍しくプハハハ……という感じで笑った。つられて私も笑った。なんとなくふたりで笑いの発作みたいなのに襲われて、左右の扉の取っ手をそれぞれ握ったまま、もっともっと、というように笑い続けた。秋生（な）りの桜桃（さくらんぼう）を貪（むさぼ）っていたヒヨドリが、私たちの笑い声に刺激されてキーキー鳴きながら頭の上を飛びまわった。

「いいなあ、ユリは」

戻ろうと言いだすのはいつもカナちゃんなのに、その日は笑いがおさまっても、ふたりで炎を眺めていた。

「いいってなにが」

カナちゃんは炉の中に目をやったままだ。横から見ると、彼女の鼻はこぢんまりしたきれいなかたちをしていた。

「受験のこと？」

「ユリは特別な才能があるからね」

「美大は受けるけど、絵描きになれるなんて思ってるわけじゃないよ」

「そうなの？」

私の言葉を真に受けたものかどうか、カナちゃんはすごく率直に戸惑っていた。

「絵は好きだけど、それだけで一生食べて行くなんて、そんなたいそうなことは考えてない」

私は自分の器を承知しているつもりだった。ちょうどよい大きさの段ボール箱を選べるみたいに。

カナちゃんは少し考えてから、「それはまあ、大変だよね。それで食べてくってなると」と、大人がよく言うようなことを言った。

「でもその関係の仕事につければいいかなって思ってるの。美術の先生とか」

「ユリが先生ねえ」

「私の取り柄っていえば絵しかないし」

「え、だって成績いいじゃない。普通の大学行くって考えないの？」

「考えない」

「どうして」

「普通の大学出たら、普通の会社に勤めるんだよね」

カナちゃんは「まあ、普通はね」と受けてから、

「普通の会社って」

と訊いてきた。

「うちの親が勤めてるようなとこ」

「いやなの？」

「いや」

「どうして」

「文句ばかり言ってるもの、うちの親。『宮仕えはつまらない』って」

「それはうちもそうだよ……」

「文句ばかり言ってる人生なんて、カナちゃんいやじゃない？」

言ってしまってから、「どこかで聞いてきたようなことを言ってるな」と居心地悪くなった。こういうことをするする口にしていると、するする寂しいほうへ流れていってしまいそうな気がした。

「あのね」

小さいけれどよくとおる声で、カナちゃんが言った。

「出版社で本を作るのは？　それも普通？」

出版社で働く人。そう聞いてふと浮かんだのは、紫煙たなびくなかでお酒をたくさん飲んで議論とか喧嘩とかする前髪の長い人たち、というイメージだったから、カナちゃんがそこにいる図は想像しにくかった。そもそも本を作るとは具体的にどういうことをするのか、私は何も知らなかった。

「本って、小説？」

そうねえ、というように彼女は首を傾げた。それは、フフという含み笑いとともにカナちゃんの癖だった。カナちゃんはいつもそうやって、考え考えしながら、慎重に言葉を選んだ。

「子供の本が作りたいな」

「子供の本か……」

あまりピンときていない私に、カナちゃんは符丁か何かのような、人の名と思われるものを呟いた。

「おもしろいよ」

ひっそり、付け加えた。

「もう行かなくちゃ。冷えてきたね」

「うん、足が冷たくなってきた」

左右からふたりで扉を閉めた。いま話したことを、誰かほかの人に知られる前にいそいで燃やそうとしてるみたいに。


秋が深まるにつれ、図書室はわずかな時間も惜しんで勉強する子たちに占領されていった。クラスメイトたちがそれぞれの指定席で集中している姿を目にするたびに、デッサンで伸び悩んでいた私は焦ったり迷ったりした。そそくさと目当ての本を借りると、放課後は美大受験専門の予備校に向かった。

焼却炉でカナちゃんが呟いたのは架空の国の名で、ぜんぶで七冊のシリーズだった。そのすべての貸し出し票にカナちゃんの名前が、彼女の几帳面な字で記されていた。皆、受験前でぴりぴりしていた。カナちゃんも私もそれは同じだったはずだ。でも私たちは週に一度のトイレ掃除のたびに、焼却炉に行った。班内ではすっかり、その役は私とカナちゃん、ということになっていたのだ。私たちは二人ひと組で働くことを運命づけられた駕籠かきか何かのように、いつも同じ道を、生理用品の詰まった箱を間に挟んで行き来し続けた。

カナちゃんの頬は薄く、青白くなっていた。寝てる？　と訊くと、フフと例の笑いをする。受験するのは、四年制の有名私立大とキリスト教系の短大、そのふたつだけだと教えてくれた。

「ふたつだけ？」

それに、そのふたつの大学はイメージも偏差値もかなりちがった。

「親が反対してるから」

「反対って？　出版社に？」

「ううん、女の子が四年制に行ったってろくなことがないって」

「ろくなことって？」

カナちゃんは答えるかわりに、「うちは、女は早く結婚しろ、だから」と肩をすくめた。

「でも短大だと、大きな出版社は難しいかな」

「じゃあ……」

「そしたら四年制でもW大だったら行っていいって言うの。父の出身校だから」

「だからW大かー」

「そういうわけ」

「そっかー」

「ちょっとね……でもがんばらなくちゃ」

「うん、大丈夫だよ、カナちゃんだったら」

「ありがとう」

大丈夫などと言ったものの、その駆け引きはどこか不当だという気がした。私はカナちゃんから箱を取りあげ地面に置くと、両手に力をこめて焼却炉を全開した。溢れだす熱気の只中に、箱を放りこむ。

「ユリはどんな感じ？」

扉を閉めようとすると、カナちゃんが片方の取っ手を摑んで動かない。燃えるものに目を向けたまま、訊いてきた。ふうっと息をして、私も片方の取っ手に寄りかかった。ぶ厚くてざらざらしてほの温かい金属の表面が、思いがけないくらい気持ちよかった。

「私やっぱり国立は無理かな。才能足りないぶん学歴くらいつけたいけど。学費もだいぶ違うし」

「もし国立だめだったら、浪人することもある？」

「親は国立って言ってるけど、まだ覚悟できてない」

「いいなあ、うちは浪人なんてぜったいあり得ない」

　ゆっくり話をするのは、ひさしぶりだった。私が「いま三冊め、島に上陸したところ」と言うと、カナちゃんは自分がすすめた本のことだとすぐ了解して、場面を思い描くように「うん、うん」とうなずいた。

「行き詰まると読んで逃避してる」

「気に入ると思った」

　でもそこで話は止まってしまった。話すならきちんと話したいけれど、きちんと話すのに必要なエネルギーがお互いに不足しているという感じだった。

　飛行機雲が白く空を横切っている。雨になるのかな、と見上げていると、

「もし出版社に入って、自分の好きなように本が作れるようになったら、ユリに絵をたのんで絵本を作るんだ」

　口ずさむように言うのが聞こえてきた。

「私に？」

「そう。私、ユリの絵いいと思うよ」

「そうかなあ」

「草の上に女の人が寝てる絵が、とくに好き」

「学祭に出したやつ？」

「あの女の人の目、ちょっとあやしくてよかった」

それからカナちゃんは体の向きを変え、炉の中を指さした。

炎が燃えさかっていた。段ボール箱が焼けて、剝き出しになったなかみが火の中で身を捩っている。苺の果汁、林檎ジャム、黒すぐり。くだもの色のいろんな血が、低くゴーッとうなる火に包まれて、ひとしなみに灰になるときを待っていた。

うわ、と扉を閉めようとしたけれど、カナちゃんはほとんど顔を突っこみそうになっている。そして、

「燃えろ燃えろ」

さもおもしろそうに言った。でも目が笑ってない。見開いた瞳に炎が映り、揺れている。照らされた細い鼻梁と頰の間を、暗い溝が走っている。その黒い影に覆われた谷あいの道を、自分がとぼとぼ歩いているような錯覚にふととらわれて、私は頭を振った。

「閉めるよ」

取っ手にしがみついているのを、指を一本一本こじあけるようにして後ろに下がらせた。ガチャンと閉じて振り向くと、枯れた菜園の中で、カナちゃんは叱られた子供

みたいにぽつんと立っていた。

「カナちゃん？」

うん？　と顔をあげて、カナちゃんはせわしない瞬きをした。

「行こう」

うん行こう、ぐずぐずしてる時間はないよね。カナちゃんはそう言って、早足で歩き出した。

菜園の木の柵を閉めながら、見ると焼却炉から煙が盛んに立ちのぼっていた。すでに暮れはじめた空へ、湧きあがるように、やがてちりぢりになるまで。

首を傾げ、カナちゃんは何か字でも書くみたいに細い指先を机の上に這わせていた。

「私もこれでいいんだと思う」

カナちゃんが行くのは短大だって――知らなかった？　と級友が教えてくれたのは、W大の合格発表から間もないことだった。

「嘘だよ、せっかく受かったのに」

するとカナちゃんは私を見て、

「嘘なんかつかない」

落ち着きはらった声で言った。

光溢れる教室には、春の気配が充ちていた。すでにカナちゃんは受験前の追いつめられた様子がすっかり消えて、柔らかそうな白い頬と桜桃を思わせるつるりとした唇の、いつもの彼女に戻っていた。艶やかになった髪は、ていねいにカールまでされていた。そういう驚異的なほどケロッとした身体の回復力を目の当たりにすると、問題など何もない、という気がしてきてしまう。大人たちも私も、もしかしたら本人さえも。

その日の夜、布団の中で、私は何度も寝返りをうった。カナちゃんのおとうさんは、受かるとは思わずW大なら行ってもいいと言ったのではないだろうか……いったんそう考えだすと、もう頭から離れなかった。枕元の電気スタンドを点けて、壁に立てかけた絵をしばらく眺めていた。草の上に寝ている女のモデルは、母だ。でも「あやしくていい」とカナちゃんが言ってくれたその目は、母の目とはちがう。少なくとも今の母の目とは。誰の目かということより、彼女に言われるまで何も気づいていなかった自分に呆れた。

翌日、私は十代の私なりの素朴なねばりを見せた。

「カナちゃんのおとうさんは約束違反だよ」

言わずもがなのこととはいえ、切り出したのだ。

私たちは並んで焼却炉の中を見つめていた。熾火(おきび)はくすぶり、なかなか箱に火が移らない。

「幼稚園からずっと私立なのは、私だけなの」

金属の取っ手をするするさすりながら、カナちゃんは言った。

「うちは男兄弟ばかりでしょ。私は女の子だから、こういうお嬢さん学校に通わせてもらえたの。このうえ四年制に行かせてくれなんて言えない」

「そんなのおとうさんの勝手じゃない……」

カナちゃんは「うーん」と言って、白くて長くて太さもある、華奢(きゃしゃ)な彼女にしては唯一(ゆいいつ)たくましい感じのする首筋を伸ばした。「合格おめでとうって、まだ言わないほうがいいのかな」

たしかに、私は人の心配などできる身ではなかった。私立はとりあえず受かったものの、国立の発表は翌週だった。

「駄目、しくじった」

「わからないわよ……私立に入学金、払った？」

「いちおう」

それがうちの親にとってどれほどの負担なのか、私にはわからなかった。カナちゃんは短大の結果が先に出ていたわけだし、たぶん四年制のほうには入学金も払ってもらえなかったのだろう。私は彼女の口調からそれを察した。

カナちゃんはいつもの控えめな笑顔を見せて、「大丈夫よ、ユリならどこに行っても」と言ってくれた。それから、「もう行こう」と焼却炉の扉を閉めた。箱はまだ燃えだしていなかった。厚みのある金属の嚙(か)みあう音が、沈みこむように響いた。

結局私は国立を落ちて、いったん私立に通い出したものの翌年に国立を受けなおしてなんとか合格し、大学院まで行った。私が就職も結婚もする気がないと知ったときの、父母の嘆きよう。父は四年前に亡(な)くなったが、私への苦々しさがようやく消え、ほどなくして不治の病が明らかになったのは、何か虫の知らせのようなものがあったのかもしれない。

学生時代に、一度だけカナちゃんに会った。あるグループ展に絵を出したら、新聞記事を見て来てくれたのだ。私は大学四年で、まだ卒業後どうするか決めかねていた。

「ユリの絵がいちばんいい」

耳打ちするように私に言い、すると彼女の襟元のスカーフが、さらさら音をたてた。衣擦(きぬず)れと囁(ささや)きと、ほのかな香水の匂(にお)い。快さの黄金率に、カナちゃんは包まれていた。

カナちゃんは短大を卒業してから商社に勤めていて、もうすぐ会社で知り合った人と結婚することになっていた。淡いピンクの光沢をまとった真珠が、カナちゃんのふかっとした耳たぶにのっていた。カナちゃんはどこから見ても一流商社のOLで、もうじき結婚を控えた幸せな女性で、咲きかけの薔薇(ばら)の花束みたいだった。カナちゃんとくらべると、私の絵の中の百合(ゆり)の花は、粗野で考えすぎでひねくれていた。

おめでとう、と私は言った。

「この間、ツルタが見に来て教えてくれたんだ。向こうの親と同居するんだって?」

「そう、長男なの」

「たいへんだね」

「たいへんよ。今だって週末ごとに行ってるんだけど、『カナエさん、お庭からパセリをちょっと採ってきて』なんてお母様に言われるでしょ。そしてひとりで庭にでて、花壇の前で座りこんでね、じっと考えちゃうの」

カナちゃんは、実際考えこむように眉(まゆ)を寄せ、それからコクンと首を傾げた。

「どのくらいパセリを摘めばいいのかしらって」

私が少し大げさにため息をつくと、カナちゃんの唇にあのフフという笑いが浮かんだ。

「あー私もそろそろ先のこと、考えなくちゃ」

「就職するの？」

「絵では食べていけないし」

そう言いながらも、どこか知らない集団に入ってうまくやっていく自信などまるでなかった。

「いいのよ、ユリはこれで」

カナちゃんは再び絵に目をやると、「きっといい画商が現れて『あなたはこれからお金の心配はしなくていい』って言ってくれる」

私にだけきこえるように、そっと言った。またスカーフがさらさら鳴った。

「いいなあそうなったら」

「そうなるのよ」

落ち着いた、あの頃と同じ声だった。私は首を振りながらも、ありがとう、と言った。実のところ、ほとんど涙ぐみそうだった。自分の行く末が不安でたまらなかったのだ。ちゃんとしたお婆さんになるまで、今までの三倍近くもの時間を、どうしてやっていけばいいんだろう？

カナちゃんが、じっと私を見ていた。その目はもう笑っていなかった。焼却炉の前で「燃えろ燃えろ」と唱えたときみたいに。カナちゃんの瞳に何か明るい、チラチラ動くものが映っている。何だろう？　あたりがふと薄暗くなり「また貧血だ」と私は思った。指が、とてもつめたい指が私に触れる。次の瞬間、私はその一点から自分の内側を眺めていて、それが変えようのない頑固さを持つ、あたたかな容れ物であることに息を呑んだ。熾火が燃え上がる。熱気はみるみる手足の先まで充ちる。外に出たい……

「ユリ」

あたりのざわめきが戻ってきた。今日はちゃんと寝よう、深く息をしながらそう思った。煙草を減らさなくては。

そのときカナちゃんが手を離したので、彼女が私の肘に手を添えてくれていたことに、はじめて気づいた。

「ごめん……」

カナちゃんは、頬笑んでいる。咲きかけの薔薇の花束みたいに。

「もう行くわ。これからお式の打ち合わせなの」

駐車場に着くと、カーラジオから流れる歌声を聞くともなく聞いていた。「お話しするほどのことはありませんわ　麻や絹に刺繍をするのが私のしごと　心おだやかでしあわせで　百合や薔薇をつくるのが小さなよろこびなのです　優しい魔力を私はもっていて……」

　エンジンを切ると、歌もぷつりとやんだ。一瞬の静寂の後、さっきの彼の声が、ふと耳の奥に甦る。こういうふうにわざわざ整形する人もいるんだよ、外人みたいだから――私の縦長の臍を指でなぞりながら、いつもの声、喉をしめつけるような、聞き取りにくい、甘苦しい声。私はそのときベッドの上に座って、淡いラベンダー色のブラとショーツの上から黒いサテン地のスリップを身につけようとしていたのだけれど、思い直してスリップを首のところまでたくし上げた。そして首にスリップを巻きつけたまま、朝シャワーを浴びたあとに替えたばかりのラベンダー色の下着を、黒に替えた。ブラを外したとき、うしろから伸びてきた手が乳房を掴んだ。私の背中に伸びかけた髭を押しつけて、どうして下着取り替えるの誰かに見せるの？　と笑った恋人の声はちょっと神経質そうだったので、下着の色を洋服に合わせるのは基本だし、とくに今日みたいな場合、そういうところで手を抜くのはいやなのだと説いてきかせるように言うと、彼はラベンダー色のブラを自分の胸に当て、ほら似合う？　とおどけた。

平たいため息をひとつつく。コートは車に置いて駐車場を出ると、小春日和の中、校門をくぐった。どこかでヒヨドリが鳴いている。

たくさんあったケヤキの大木が、二本だけになっている。カナちゃんと私が段ボール箱を運んで横切ったグラウンドは、赤っぽいラバーで埃ひとつたたないよう覆われて、そのせいか少し狭くなったように見える。焼却炉は菜園ごとなくなって、附属幼稚園のプールになった。今では誰も、あんなふうにものを燃したりしないし、できない。

茶道部の使っていた日本家屋が取り壊され、その場所に新しいチャペルが建てられた。百合の紋章のステンドグラスが嵌めこまれた豪華なチャペルでは、卒業生なら誰でも結婚式を挙げられる。私は入口に向かいながら、受洗していなくてもチャペルで結婚式ができるなら、葬儀もだろうか……と考えていた。亡くなった人がカトリック信者だったという記憶がない。

外に溢れだしそうになっている一団に、なんとか紛れこんだ。参列者が多いのは、死ぬには若すぎる人の葬儀だからか……そのとき数人が入ってきたのを最後に、扉が閉まった。三人の神父が香を焚きながら入場し、祈禱がはじまった。

「ユリ」

囁く声がした。カナちゃんだった。

「ひさしぶり。こんなことで会うなんてね」

「まったくね」

カナちゃんは「ここ来るの初めてよ」と、わずかに首を伸ばした。白くて長くてしなやかな、彼女の外見の中で唯一たくましい印象の首筋は、よく手入れされているためか特長がより際だって、いかにも健やかそうだった。控えめな粒の真珠のネックレスが、きりりと光を集めている。

展覧会で会った後、カナちゃんから結婚パーティの案内も、写真付き年賀状も来なかった。カナちゃんの新しい生活から私が切り離されてしまったのか、それともカナちゃんがそれまでの生活を切り離したのか。もっとも私自身、あれから大学院に籍は置いたものの、アルバイトをしながら国内外を転々とする生活をしていて、高校時代どころか大学の友人や、親にさえめったに会わない時期が続いた。お互い自分のことで手一杯だったのだ、と思う。それより、いま目の前にいるカナちゃんの喪服姿がとても洗練されていて、体型も顔の輪郭も変わっていないのが、私はうれしかった。

「ノリコはどこのガンだったんだろう」

なかばひとりごとのように、カナちゃんが呟いた。

「私も知らない……彼女、信者だった？」

「洗礼受けたのは結婚後だって」

「……病気と関係あったのかな」

「さあ……あったかもしれないし」

そのとき聖歌がはじまった。六五八番『主よみもとに』。カナちゃんが途中からアルトのパートをうたいだす。

主よみもとに　近づかん
のぼるみちは　十字架に
ありともなど　悲しむべき
主よみもとに　近づかん

さすらうまに　日は暮れ
石のうえの　かりねの
夢にもなお　あめを望み
主よみもとに　近づかん

ノリコがなぜ受洗したのか、どんな結婚生活だったのか、どのくらい闘病していたのか、ノリコが結婚したことさえ知らなかった私にはわかりようもない。私より成績がよかったこと、独特なハスキーボイスだったこと、思い出すのはそんな断片ばかりだ。歌いながら、ノリコの写真を見つめた。少し骨張った鼻先のかたちに——また断片だ——懐かしさを覚えた。聖歌の歌声がチャペルを包み、ちりぢりになった私たちのかけらを束の間溶けあわせた。私はカナちゃんと並んでアルトを歌った。せめて歌だけをいっしんに、愛惜して歌った。

献花をして外に出た。北西の風が強く吹きはじめている。夜から冷えこむのだろう。

「ユリは結婚してないの？」

階段を下りながら、カナちゃんに訊かれた。

「うん、してないよ」

したくないわけじゃないんだけどね、と胸の中で呟いた。それからふと、献花したときカナちゃんの目が真っ赤だったのを思い出して、

「卒業してから、ノリコと会った？」

と訊ねた。

「ううん。え、どうして？」

「べつに……私も会わなかったから」

ぜんぜん誰にも会ってない……カナちゃんはひとりごとのように言って、ふうっと息をした。

「でもまあ、ノリコは子供がいなくてよかった」

もちろん、彼女の言わんとすることはわかった。子供がいなければ死んでもいい、などと思っているわけはないだろう。でも、いつも小首を傾げながら、考え考えしてものを言うカナちゃんは、もっと、ずっと、用心深かったはずだ。

私は頬笑んだ。あれから何人もの人が死に、生まれていなかった人が何人も生まれた。それだけの時間が経ったのだ。

「ユリはちっとも変わらないわね」

「進歩がないのよ」

フフ、と笑って、カナちゃんは私の肘にそっと、一瞬だけ触れた。足もとのあぶない人を、それとなく支えるみたいに。彼女は階段の下りてゆく先に目をやっている。その白い頬で、カエデの枝ごしの陽光が燦めいている。こんなときがたしかにあった、というだけでは足りない気がした。私たちの間にあの箱がないのが、不思議なくらいだった。

「この間のユリの原画展、娘と行ってきたわ」

冬のはじめの光、どちらからともなく合う歩調、低く滑らかなカナちゃんの声……

「娘はユリの絵本が大好きなのよ。シリーズぜんぶ持ってるの」

私たちは同時に階段を下りきった。カナちゃんが私を見ている。嘘なんかつかない、と言った日みたいに、まっすぐ。

「また会おうよ」

私の声を消そうとでもするように、風が枯葉を巻き上げた。一瞬の無表情の後、彼女は笑顔で、

「また」

唇の動きだけで、そう答えた。

華奢な背中が、グラウンドを遠ざかってゆく。チャペルから流れ出てきた人たちに押されるように、私も歩きだす。たぶん高校生の私にも、カナちゃんが「燃えろ燃えろ」と言った気持ちは理解できていたと思う。炎がカナちゃんの瞳に映っていた。その小さな炎は忘れようもなく、今も瞬いている。

土曜の夕方の校舎に、ひとけはなかった。改装したばかりという図書室に寄ってみ

た。カウンターの中の生徒は、こちらを気にとめもせず手もとの本に読み耽（ふけ）っている。書架の間の通路に入ろうとして、奥の暗がりから現れたポニーテールの子とすれちがった。絵の具の匂いに、ふと振り返る。制服の上からチェックのマフラーを巻いた後ろ姿が、あの頃の自分と似ているような気がしたけれど、その子はもはや半開きになった扉の向こうだ。扉が閉まり、空気がぴたりと止まる。書架に目をやると、二十年前カナちゃんと私の借りた本が、視界に飛びこんできた。

　意外なことに、それは七冊とも残っていた。貸し出し票を見ると、カナちゃんのきちんとした筆跡の数段下で、私の意固地な、筆圧の強い署名は線からはみ出ている。

「わたしはけものだ。そして、とりわけアナグマなのだ。わたしたちは、心を変えたりせぬ。いつも同じ心をもちつづける。わたしは、ここからきっとよいこと、この上なくよいことがひらけてくると思う」

　カナちゃんと話したかった一節、好きだった一節はすぐに見つかった。話したかった私と話せなかった私、話したかったことと話せなかったこと、それらが降り積もってゆく。しんしんと降り続けるその音を、カナちゃんも聞いているだろうか。ひそやかなハーモニーを奏（かな）でるように、古びた本の頁（ページ）から喚（よ）び起こすように、私はその一節を読んだ。それから本を書架に戻し、扉を開けて外へ出た。

リターン・マッチ

最初に、俺のほうから聞きたいことがあるんだ。負けるとわかっていることを、わざわざしてしまうやつがいるのはなぜだと思う？　大事なのは結果じゃないとか、負け札ばかりを引いてしまう性分の人間ってのがいるものだとか、まあそういう答えもあるんだろう。でも俺は違うと思う、もっと単純なんだよ。百パーセント負けるとわかっていても、やるしかないことってのがあるから。それだけなんだ。

十月の半ば頃から、あいつのケットウジョウの噂は広まってた。うん、ケットウジョウ。どっちかっていうとキョウハクジョウに近かったけど、みんなそう呼んでたから。俺んとこに来たのは十一月の終わりのほうだった。きゅうに冷えこんだ朝で、寝坊したもんだから、学校までの長いだらだら坂を一気に駆け上がらなくちゃならなかった。俺が馬みたいに白い息を吐きながら下駄箱を開けると、暗いなかに白い便箋がぼうっと浮かび上がって見えたんだ。一瞬、胸がときめいた。だけど封筒に入ってない、と気づいた途端いやな予感がした。もちろんはっきり憶えてるよ、こんな手紙だった。

「放課後、屋上ニ来イ。誰ニモ言ワズ、ヒトリデ来イ。誰カニ言ッタリ、来ナカッタリ、仲間ヲ連レテキタラ、僕ハ自殺スル。ソノ場合、遺書ニハ君ノ名前ト、君ガ僕ニシタコトヲ書クツモリダ」

あいつは自分をいじめた連中を、そうやって呼び出してたんだ。ひとりひとり順番に、それも男だけ。おかしなやつだよ、フケッ、とか言ったりするのは女子のほうが辛辣だったのに、女のことはまるきり相手にしてなかった。

うん、「くさい」だの「フケツ」だの、そういうのはよくあった。あと無視。いちいち話すほどのことじゃないよ、そういうのは俺よかずっと詳しいんじゃないの、プロなんだから。悩みがあるとか、学校や会社に行けなくなっちゃったとか、人前で話ができないとか、いろんなやっかいな話をきく医者がいるっていうのは知ってたけど、先生はちょっとイメージが違うね。最初に会ったとき、漫画家みたいだと思った。どうしてなんて知らないよ、そう思っただけ。あの頃は俺、ぜんぜん喋んなかったね……

そう、あいつはいろいろ言われたり無視されたりしてた。無視されるのに順応しちゃうと、今度は小突かれたり。少なくとも中二になってからは、ずっとそんなふうだった。二学期になると歯止めがきかなくなってきて、あいつのロッカーの中身をひっぱり出して、みんなで片っ端から窓の外に放り投げたことがあった。本とか体操着とか定規とか、誰がいちばん遠くまで投げられるか競争したんだ。俺はあいつの『若山牧水歌集』って文庫本を飛ばしてやった。よく飛んだよ。シュルシュル回転しながら、ブーメランみたいに空を切って。戻っては来なかったけど。

ケットウジョウが始まったのは、その後だった。弁解はしない。俺はあいつをいじめてたし、いじめられて当然なやつだとしか思ってなかった。あいつは人を不安にさせるところがあったんだ。ただでさえ多い髪の毛を妙な具合に伸ばして、服装もふるまいも、まわりに合わせようって気がまるでなかった。こっちがかまうとおどおどするくせに、ひとりでいると妙に満足気で。だけど勝手に満足なんかされちゃ困るんだ、どうしてあいつが満足できるのか誰ひとりわからないんだから。そういう謎ってやっかいなんだ。

正直な話、俺はあいつのことなんてどうでもよかった。俺には俺の問題があったし、こんな言い方卑怯だけど、みんなの尻馬に乗ってただけ。でもみんなの、なんとかしてあいつを抑えつけなくちゃならないってちりちりする気持ちは、充分理解できた。あいつはいつも、自分の頭んなかだけで生きてるようなとこがあって、それでやられちゃってたんだ。その頭んなかでどんなことを考えてるのか、俺にはわかんなかったし、わかろうって気もなかった。自分が呼び出されるまではね。

そりゃ言うとおりにするしかないよ、あんなものよこされたら。自殺するのは勝手でも、遺書っていうのが気にかかる。でも読み終えた時……気味が悪いとか面倒だとかいうより、不思議に思ったんだ。いったいあいつ、なんでこんなことをするんだろうって。

俺が呼び出されたのは、ぜんぶで十一人のうち後ろから二番目だった。先のやつから様子を訊(き)いてはみたけど、「頭おかしいよ」とか「一発殴った」とか、せいぜいそのくらい。これ以上ごたごたに巻きこまれるのはごめんだって思ってるのが見え見えで、俺はきゅうに「駄目だ、こいつら」って気がしてきた。実際、ケットウジョウのことが始まってから、あいつはそれまでいじめられてたのとはあきらかに違う感じで孤立してたんだ。

俺はその日の授業の間ずっと、前のほうの席のあいつの後頭部を注視していた。もさもさした髪の間から、犬の目のようなつむじがふたつ、やっぱりこっちを見てる。あいつ、つむじがふたつ並んでるんだよ。俺はそのつむじに「おい、何考えてんだよ?」と訊いてみたけど、つむじのやつ、きょとんとしてるだけなんだ。ものすごく苛々(いらいら)してきたね。今すぐガツンと殴りつけてやれたらどんなにすっとするだろう、なんて思ったけど、とにかく屋上に行くしかない。

「びびってんじゃねえよ」

口のなかで呟(つぶや)いてみた。でもそれを誰に言ったのか、自分でもよくわかんなかったな。

屋上に行くとあいつは、風がびゅうびゅう吹くなかで突っ立ってた。髪が逆立って、いつもは隠れてる額と目が剝(む)き出しだった。俺はあいつの目があんなにくっきりした二重だって、その時まで知らなかった。

「何だよ、こんなとこ呼び出して……」

あいつは妙にカン高い声で、「なぜ僕をいじめるのか話してほしい」と切り出した。

こっちはうんざりだよ。

「知らねえよ」なぜいじめるのか話せだなんて、生徒指導の先公じゃあるまいし。

「あれは、大事な本だったんだ」

「本？」

「きみが窓から投げた本だよ」

「ああ」

「でもそれは、もういい。なぜ僕をいじめるか話せないんだったら、それもいい」

あいつの喋り方は、まるで言葉が風に吹き飛ばされてしまわないように、見えない画鋲でとめようとしてるみたいだった。声が、時々裏返ってたよ。

「いいんだったら、何なんだよ。帰るからな」

だけど、背中を見せた俺にあいつは叫んだ。

「ここで勝負しよう」

振り返ると、あいつはもう腰を落して身構えて、妙な感じに目を光らせている。

「正々堂々闘って、もし僕が勝ったら、二度といじめないって約束するんだ」

「んなことして、どうなるんだよ」

「だからもし僕が勝ったら……」

「馬っ鹿じゃねえの？」

俺はいちおう柔道部だし、背だってあいつより三〇センチ近く高い。まともな神経の持ち主だったら、「もし勝ったら」なんて言えるわけないんだよ。

「で俺が断ったら？　また自殺するって脅すのか」

俺の言葉に、あいつは息をのんだ。そして少し力を抜くと、「そうじゃない」と言った。

「来てくれたんだから、もうそんなことはしない。約束するよ」

あいつはしばらく俺のことをじっと見ていたけれど、やがて「約束する」と、もう一度繰り返した。

「負けたって自殺なんかしないし、誰にも言いつけたりしない。だからちゃんと、闘ってほしいんだ」

俺はもう、苛々が頂点に達しちゃったよ。あいつはひとりで勝手に台本を考えて、それに他人が付き合ってくれると思ってる。そんなにやられたいんなら、やってやろうじゃないかって。

実際には、あいつは結構しぶとかった。頭が硬いんだよ、ものすごく。自分でもわかってるみたいで、馬鹿みたいに頭突き一点張りで攻めてきては、なんかぐにゃぐにゃする手足でしがみついてくる。

俺はあいつの頭突きによろけて尻餅（しりもち）をついた拍子に、思いきり投げ飛ばしてやった。

後にも先にもはじめてだよ、あんなきれいに巴投げが決まったのは。そのうえ相手が気を失った、なんてオマケまでついた。慌てて「おい、おい」って揺さぶったら、やつは睫毛の長い二重瞼をぱちぱちさせて、目を覚ました。

「おい、大丈夫か」

あいつはぼうっと俺を見つめてる。こいつ頭でも打ったたな、やばいぞって、こっちはパニック寸前だった。でも次の瞬間、言ったんだ。

「今の技、教えてくれない？」って。

柔道部のやつならみんな知ってる、俺がぜんぜん強くないってこと。だけど体はでかいし、あいつが俺を呼び出したのが後のほうだったのに理由があるとすれば、ちょっとびびってたのかも知れないね。

呼び出す順番に細かくこだわってたとは思えない。あいつにとって大事なのは、とにかく一対一で対決することだったんだ。いつも、みんな束になってかかってきてたわけだから。

柔道は好きとかそういうんじゃないよ。親父が中学、高校と県大会で優勝したとかで、俺も小学生の時から道場に通わされて、部活も柔道って親父に決められてた。顧問の島田には滅茶苦茶やられたな。みんなに見せるよね、技を教えるとき。必ず俺に相手させる。それで手加減なんか全然しない。投げるなり締め上げるなり、先公のくせに目一杯の力で技かけてくる。俺は図体は大人並みだけど、いつだってぼろぼろにやられて新入生にまで笑い物にされてた。でも島田が俺のこと嫌いなのはわかってたし、そういうのはどうしようもない、あがけばあがくほどからまってくる罠にはまっちゃったようなものなんだ。

そんな、やめたりなんかできないよ。親父にぶん殴られる。いや、もう親父は俺のこと殴ったりしなかったかも知れないけど、もし柔道やめたら親父ともばらばらになるのはわかってた。

ほんとは……美術部に入りたかったな。図書室の美術全集で見たんだ、ドナテルロって人の作った彫刻。ミイラみたいに痩せて、ぼろぼろで、目は落ち窪んで歯も欠けて、それでも祈り続けてる女の人の姿がね、見てると何か「突き詰めたい」って気持ちが湧いてくる。俺は美術の先生つかまえて、「いつかイタリアに行って、これの本物を見る」って口走ったんだ。美術の先生は五十過ぎの陰気くさいおっさんで、俺のことをじいっと見て「あんまり暗いものに惹かれるなよ」とかなんとか、つまんないことを言ってたよ。あれが暗いだなんて、俺にはちっとも思えないもんな。

いつか彫刻をやってみたい。でもそんなこと言えないよね、言っちゃいけないんだ、もう。それは自分でよくわかってるつもりだよ。

「今の技って……巴投げか？」

屋上で、思わず俺がそう聞きかえすと、あいつは風にあおられた紙袋かなんかみたいに、ふらぁっと立ち上がった。それで、今しがた投げ飛ばされたことも忘れたみたいに、口のなかでぶつぶつ言ってるんだ。

「巴投げ……きいたことのある名前だ……」

やっぱり頭でも打ったんだと思って、俺はぞーっとした。でもそのあと「教えてくれない？」ってもう一度言ってきたときは、いつもどおりっていうか、ちょっとおずおずしてた。

いやだって断ったよ、あいつと柔道の稽古だなんて。その日は置き去りにしてとっとと帰った。だけど、なんだか気になって仕方なかった。あいつは最初から、自分に勝つ見込みがあるなんてこれっぽっちも考えてなかった……それがなんとなくわかったから。

時間が経つにつれて、俺はますますそう思うようになった。だから登校の途中であいつの後ろ姿が見えた時――チビだし手足が妙に短いからすぐわかる――こっちから声をかけたんだ。

あいつは俺の質問に、拍子抜けするほどあっさり答えたよ。

「そうだよ、勝てるかも知れないなんて考えてなかった」

おかしな話だけど、やっぱりっていうのと同時にかっときた。それであいつの肩を、横から思いきり突いてやった。あいつはひどい転び方をして、地面に顎までぶつけてたけど、もちろん手なんか貸してやらなかった。自分で自分を負け犬だって認めるようなやつには、当然の報いだよ。

そのまま行ってしまうつもりだった。でも実際には、のろのろ立ち上がるあいつをじっと待ち、それから訊いたんだ。

「じゃ、どうしてあんなことしたんだよ」

血の混じった唾を吐き出すと、あいつは顔をしかめた。「舌、嚙んじゃった……」

「答えろよ。どうしてあんなことしたんだよ」

あいつはたいしてやる気もなさそうに制服をはたいてたけれど、ふいに顔を上げ、俺のことを見た。なんだかちょっと面白がってるみたいに、鼻の穴を膨らませてたな。

「負けるのは、わかってた。でもいいんだ、僕がいいんだから」

それだけ言うと、すーっと早足で先に行っちゃったんだ。何がいいんだか、ちっともわからない俺を残して。

あとになって話してくれたんだけど、あいつは屋上に誰かを呼び出す度に、「正々堂々闘え」ってセリフを毎回やらかした。でもみんなそんなのお断りなんだな。一対一になった途端、逃げ腰になったり機嫌とるようなこと言ったり。まともに組み合ったのは俺だけだったなんて、それきいたときはちょっと考えちゃったよ。俺、要領悪すぎって。

いったん話すようになるとよく喋るやつで、変な映画の筋をいろいろ教えてくれた。いちばん妙だったのは、中学の先公が自分ちで原爆作るんだ。それで野球のナイター中継を最後までやれってテレビ局にねじ込むんだって。そんな映画観てるからおかしなこと考えつくんじゃねえのって俺は思ったけど、とりあえずインディ・ジョーンズならぜんぶ観たぜって言った。そしたらあいつ、変な具合に口を曲げて笑うんだ。で、「今そっくりじゃなかった？　ハリソン・フォードに」なんて大真面目に訊いてくるんだよ。それからあの髪型は、明日に向って走れ？　撃て、だっけ？　そんなような題名の映画に出てくる俳優の真似なんだって。写真を見せてくれたけど、これも全然似てなかったな。
でもそういうの、けっこう面白かったよ。俺はあいつみたいにこれってものがないから、ちょっと羨ましかった。何となく、俺も一緒にクラスのなかで浮きあがった感じになったけど、そんなことはどうでもよかった。
どっちみち、あの頃はいろんなことがどうでもよかったんだ。だって俺の頭んなかは、全然別なことに占領されてたからね。俺にきこえるものといったら、壊れたレコードみたいに同じ歌ばかりだった。頭んなかのその歌声が、時々ふうっと大きくなると、俺の足もとにぽかっと真っ暗な穴があいたようになって、身動きできなくなる。こんな、馬鹿みたいな歌なのにさ。

ケンちゃんケムシによく似てる
ケロケロなくからカエルの子
おしっこもらして飲んじゃった!

あいつはしばらくの間、ケットウのことは忘れてるみたいだった。でもある日、柔道の技を教えてくれ、なんてまた言いだしたから訊いたんだ。町山にもケットウジョウだすのかって。あいつが頷くのを見て、やばいなって思った。

キレると何するかわかんないんだよ、町山は。女の先生なんかあきらかに、町山の動きにいちいちぴりぴりしてる。いや、びびってるやつばかりじゃなかった。数学の先生で、もうおじいさんって言ってもいいくらいの年寄り。この先生は町山のことはまったく眼中にないって感じだった。あるときテスト用紙を配ってたら、いちばん後ろの町山の分だけ足りなかった。偶然だかわざとだか、俺は知らないよ。だけど町山が「一枚足んねえよ」って言ったら、先生は「ほう、試験を受ける気があるのかね」って大袈裟に驚いてみせたんだ。そのあとだよ、先生の家から夜中に不審火が出たのは。大火事にはならなかったし、証拠も結局あがらなかったけど、みんな町山がやったと思ってる。

一年の時から、あいつは町山に小銭をとられたりしてたらしい。二年になってからは、もっと大金を持ってこいって脅されるようになった。

「いやだって言ったんだ。うち、ほんとにお金ないんだよ。そしたら殴られた。それでもお金はないって言ったら……」

あいつ、町山に毛を剃られたんだ。頭の毛じゃないよ、パンツ下ろされて。町山のいってのもね。

腰巾着たちに押さえられて、写真まで撮られたって。まずいよそれは。町山はそういうこと、よくわかってんだ。そんな恥ずかしいことされたら、誰にも言いつけられないってのもね。

悔しいのはわかるけど町山なんかにかかわるのはやめろ、と俺は言った。

「でも決着つけないと」

「決着って何だよ。どうせまた負けだろ？　勝てるとでも思ってんのかよ」

もっとどやしつけてやろうとした俺に、あいつは「ケンちゃん」とぽつりと言った。

その頃には、あいつはもう俺のことをケンちゃんって呼ぶようになっていた。

「そんなこと思ってないよ」

「じゃあ……」

「前に訊いたよね？　どうして負けるってわかってるのに、あんなことするのかって」

「ああ」

「殴られたって、どうなったって、あそこで、あの屋上でならいいんだよ。だって手紙を書いて呼び出したのは僕で、そういうこと考えついたのも僕なんだ。自分の意志で始めたことなんだから、ひどい目にあったって納得できるでしょ。ただいじめられるのとは、わけが違う。わけもわからずただいじめられてるのは、いやなんだよ」

俺は一瞬言葉が出なかったけど、言いだしたら声が裏返っちゃったよ。

「そんな理屈が通用するかよ！　おまえは半殺しの目にあわされて、相手は痛くも痒くもない。何にも変わらないんだぞ」

でも俺が興奮すればするほど、あいつは逆に落ちついてくみたいだった。

「町山を変えようなんて、思ってないよ」

そう言ってから、「変わるとしたら、僕のほうだ」って、ひとりごとのように付け足した。


高速道路の橋脚の下に、枯れ草でぼうぼうの空き地があって、そこの金網に破れてるとこがあってね、俺たちは毎日そこに入りこんでは、雨ざらしの自転車や野良猫のいる段ボールの間で稽古したんだ。あいつにはブカブカだけど、俺の稽古衣を貸してやった。町山と対決するときには着ないだろうけど、俺に教えられるのは柔道しかないし、やるならきちんとやろうと思ったから。

派手な投げ技ばかりしたがるあいつを抑えて、俺は受け身の練習を徹底してやった。受け身ができれば、まずケガを最小限にすることができるし、相手への恐怖心が減る。

「相手をよく見ろ」ってのもしょっちゅう言った。出来の悪いやつほど教え上手、とはよく言うけど、あれはたぶん、ちょっと気分がいいから、じゃないかな。

乱取りとなると、あいつと俺じゃ体格の差がありすぎるし、おまけにあいつは投げることばかり考えてるもんだから、逆にたくさん投げられてしまう。三分って時間決めてやると――アラームをセットするんだ、鳴ってもあいつにはきこえてなかったけど――十回くらい投げられてた。でも投げられても投げられても、あいつはゾンビみたいに立ち上がった。俺が「ちょっと休もうぜ」って横向いたとたん、いきなり蹴り入れてきたりもした。そのときは「この野郎！」ってかっときたけど、あいつのこと見たら、泥と擦り傷だらけの顔して目に涙をいっぱい溜めて、「来い！」なんて黄色い声で叫ぶんだ。あの時のあいつの顔、忘れられないよ。

どうして俺がそこまで付き合ったかって……あいつが自分なりに落とし前つけたいって気持ち、わからないでもなかったから。

ちょうど期末テスト前で部活はしばらくなかったし、試験勉強する気もなかったし、毎日ふたりで稽古したんだ。うん、鈍い鈍いと思ってたあいつの動きは確かによくなった。これはどうでもいいことだけど、期末が終わって最初の部活で、例によって俺は島田に指名された。俺は島田の慰み物になってぺちゃんこになるはずだったけど、その日はすぐさま、きれいに立ち上がれたんだ。あいつに口酸っぱくして受け身の練習させてたのが、自分にも効いちゃったんだよ。島田の顔ったらなかったな。

何もかもうまくいくんじゃないかって、そんな気がした。あいつはもう誰にも小突きまわされたりしなくなって、俺だって二度と部活でいじけたりなんかしない。頭のなかで流れ続けてる歌に金縛りになってしまう、そういうこともいつか、だんだんと、おさまるんじゃないかって。

そしてある日、あいつが突然言ったんだ。

「ケンちゃん、今日で稽古はおしまいにする。今までありがとう」

すっかり暗くなった空き地で、枯れ草を髪にいっぱいつけたまま、あいつはにこにこして言った。あいつは俺の部活が終わるのを、ひとりで打ち込みだとか受け身の練習をしながら待っていた。高速道路の音の間を縫うように、商店街で流してるクリスマスソングが切れ切れに聞こえてたのを憶えてる。

「やるのか」

「うん」

何もいそぐことはないだろって、俺は言ったよ。冬休みの間もふたりで稽古するつもりだったし、それが楽しみだったんだ。でもあいつはもう決めちゃってた。明日、町山とやるって。

「町山のやつ、ちゃんとひとりで来るかな」

来るよ、とあいつは頷いた。

「もし来なかったり、仲間を連れてきたりしたって……」

無理するなよ、やばかったら逃げろよ、いくらケットウジョウにそう書いたからって馬鹿正直に自殺なんかするなよ——そう言いかけた俺を、あいつは遮った。

「大丈夫だよ、ケンちゃん。町山はあの火事の件以来、学校にも警察にも目をつけられて用心してる。今度ごたごたを起こしたらやばいってわかってるんだよ。それに僕のことなんか、ちっとも怖くないだろうし。ちゃんとひとりで来るよ」

「おまえ、けっこう冷静だよな」

「やるべきことはやったから」

そう言われると、かえって俺は不安になった。

「いいか、最初っから負けるなんて決めつけるなよ」

俺の言葉に、うん、とあいつは頷いた。

三階と屋上の間の階段の踊り場で待ってたら、先に屋上の鉄の扉を開けたのは町山だった。ものすごく冷たい風がびゅうっと吹きこんで来て、俺は思わず身震いした。町山は尖（とが）ったアゴをさすりながら、閉じた口のなかで舌を動かして呻（うめ）いた。制服が乱れて、ボタンがとれてた。俺のほうをちらっと見たけど、何も言わずにゆらゆら階段を降りていった。かなりやられてたのは間違いなかった。

俺は階段を駆け上がった。あいつは勝ったのかも知れない、いやきっと勝ったんだ。そうに決まってるじゃないか……！

ひどいもんだったよ。屋上の真ん中でぶっ倒れてるあいつを見た途端、俺は自分が大甘だってことがわかった。顔じゅう血だらけなんだ。てっきり町山がナイフでも使ったんだと思ったけど、あいつはかすれ声で言った。

「町山は正々堂々闘ったよ」

「何が正々堂々だよ、こんなにやられて、んなこといってる場合かよ」

俺は泣きだしそうになってわめいた。やっぱりついててやるべきだったんだ、見殺しにしちゃったんだって思って。あいつが死ぬんじゃないかって、ほんとに怖かったよ。

でもあいつはけっこうのんきそうな調子で、「今日ケンちゃんちに泊めてほしい。

無理かな」なんて言うんだ。

「無理じゃねえよ」

「よかった」

あの日はクリスマスイヴで、すごく寒い日だった。クリスマスソングの流れる街を、あいつに肩を貸してふたりでよろよろ歩いた。風の冷たさも、目を丸くして俺たちを見てるやつらのことも、ぜんぜん気にならなかった。あいつは単なる恨みとか、仕返しをしてやろうなんて気持ちで、こんなバカなことをしたわけじゃない。あいつは、あいつのしなくちゃならなかった勝負に負けたわけじゃない。

「すごいね、僕の顔。『スケアクロウ』のアル・パチーノみたい。ケンちゃんはジーン・ハックマンってとこかな」

ウィンドウに映った俺たちの姿を見て、ふふ、とあいつは笑った。

俺は医者に行こうと言ったけど、あいつは医者なんか行ったらいろいろ訊かれちゃうって拒否した。たしかにそうだよね、せっかくあいつが納得してるのに、誰かがそれをほじくり返して騒いだりしたら、あいつがひとりでがんばったことが台無しになってしまう。

だから俺の部屋にタオルと救急箱と洗面器を持ちこんで、手当てした。血がすごく出てたのは、鼻血と、口のなかを切ってたせいで、それ以外の傷は思ったよりたいしたことなかった。打ち身には湿布を貼って、顔の腫れはタオルで冷やした。問題は、歯が二本折れてることだけど、まあそれは触らなければ痛くないって言うし、どうせすぐには何も食べられそうになかったし。

俺の家に泊まるって言いだしたのも、そういうひどい姿を母親に見られるとまずいと思ったからだったんだ。あいつはその日の朝、「クリスマスイヴだから友達のところに泊まる」って言って家を出た。町山とのケットウをイヴの日にしたのも、クリスマスなら友達のとこに泊まる許可を貰いやすかったからだって。自分がぼろぼろになるのを、ちゃんと覚悟してたんだ。

その夜は、ふたりでいろんなことを話した。あいつは俺のベッドに寝て、俺はベッドに寄り掛かってあいつの制服のボタンをつけてやったり、顔に当ててるタオルを替えてやったりしながらさ。あいつのおとうさん、映画監督なんだって。どうりで映画に詳しいわけだよ。だけどあいつのおとうさん、最近はあんまり映画撮ってなくて、仕事場のアパートで一人暮らししてるらしいんだ。あいつが遊びに行くと、いつも喜んで鮨屋に連れてってくれるって言うから「いいなぁ」って俺が羨ましがったら、

「僕、おとうさんがお金ないの知ってるんだ。鮨なんか食べさせてくれなくていいから、一緒に暮らしたほうがいいのに」

　そう言って、ぼうっと天井を見てた。

だからってわけじゃないけど、俺はあいつに北海道の牧場の話をした。父方の伯母さんがお嫁に行った先で、俺は小四の夏休みに遊びに行ったことがあった。すごいんだ、あそこは。どこまでもどこまでも緑の草原が続いてる。夜なんか星が空じゅうぎっしりで、じっと見てると星のやつらがぺちゃくちゃ喋ってる声が聞こえてきそうなんだ。それからね、牛ってものすごくかわいいよ。とくに仔牛は人なつっこくて、分厚くてあったかい舌で俺のこと、ぺろぺろ舐め回すんだ。

　あいつはずーっと黙ってた。でもものすごく集中してきいてるのはわかるんだな。気づいたら、俺はそれまで考えてもみなかったことを話してた。

「中学卒業したら、俺とおまえとふたりでさ、伯父さんのとこへ行って働くんだ。伯父さんは人手が足りないって言ってたから、きっと使ってくれるよ。厳しいんだぜ、朝は暗いうちから起きなくちゃならないし、動物相手だから日曜も正月もないし。でも頑張って働いて、仕事おぼえて、お金貯めて、そしたら俺たちの牧場を作るんだ」

　言ってみると不思議なもので、すごくいい考えみたいに思えたし、ぜったい実現できるって気がしてきた。

「ケンちゃん、ほんとにそんなことできると思う？」

「できるよ。できない理由なんかない」

するとあいつは腫れた瞼をぴくぴくさせながら、にこっとした。「僕も行く。ケンちゃんと牧場作る」

それから俺に、「もっと牧場のこと教えてよ」ってせがむんだ。もう話すことがなくなっても、「馬に乗ったときのこと、もっとくわしく。その馬は牡だった？ それとも牝？」とか、「セン馬って何？」とか、「ほんとうに顔だけ黒くてからだの毛が白い羊なんているの？ その羊の親もそういう色なの？」とか。

そのうちあいつはアスピリンが効いて眠っちゃったよ。夜中に一度トイレに連れてったら、あいつのおしっこの音が勢いよかったんで、すごくほっとした。


でもあの晩、自分ちのことは話せなかった。話せば何かが変わっていたのかな。あのときはまだ話せなかったんだから、仕方ないよね……

いや、うちの親はあいつが泊まったこと、知りもしなかった。気づいてたかもしれないけど、どうせ何も言わないんだ。親父は遅いし、うちの母親はふらふら外を歩き回ってるか、ぼさーっとしてるかのどっちかだから。姉貴がいなくなってから、一緒に飯食ったことなんか一度もない。

姉貴のことは――うまく話す自信ないな。うん、小さい頃はおねえちゃんって呼んでた。いつからかな、ねえちゃんになったのは。ああ、なんか変な感じ、ねえちゃんって口にすると。最後にねえちゃんが出てってから、もうすぐ一年になる。

国立大学の法学部に行ってたんだよ。俺と違ってすごい頭よかったんだ。うちの母親は、ねえちゃんが小学生の時から猛勉強させた。塾だって遠くのいい塾まで、母親が毎日運転して送り迎えして。俺は出来悪かったし、うちの母親のエネルギーはぜんぶ、ねえちゃんに集中してたんだ。

「あなたはあたしとは違う、もっといい人生が送れるの。そのためならおかあさん、何だってしてあげる。あなたに夢を叶(かな)えてほしいのよ」

俺が物心ついた頃にはもう、母親はねえちゃんにむかって呪文(じゅもん)みたいにこう繰り返してた。自分のやりたいことは自分でやるべきなのにさ、あのクソババア。

俺はねえちゃんが遊んでるのを見たことがない。いつも薄黄色い顔をして、風呂(ふろ)に入るときだって暗記用のシートを持って入るんだ。病気にでもなったら勉強さぼれるのにって俺は思ってたけど、ねえちゃんはたまに熱出しても、まるで寝てるのが不安でたまらないみたいに寝床からずるずる這いだして机に向かう。完全に、あのクソババァに洗脳されちゃってたんだよ。俺がババァのことを悪く言おうもんなら、「ケンちゃん、おかあさんはかわいそうなのよ。ちょうどおじいちゃんの会社が悪い時期で、大学に行きたくても行けなかったのよ」なんて庇うんだ。
ねえちゃんはやさしかった。親父がよく、俺のことをじれったがってね、つい口より先に手がでちゃうんだな。無理ないよ、親父は何だって人に負けたことがないんだ。そういうとき、俺が布団かぶって泣いてたりすると、ねえちゃんは必ずそばに来てくれた。それで死んだおばあちゃんに教わったっていうおかしな歌を、歌ってくれるんだ。

かっちゃん数の子よく似てる
おけつをねらって河童の子
みっちゃんみちみちウンコたれて
紙がないから手で拭いて

もったいないから舐めちゃった

三番は、ねえちゃんが作ったんだよ。すげえ馬鹿みたいなの。「ケンちゃんケムシによく似てる、ケロケロなくからカエルの子、おしっこもらして飲んじゃった！」。俺、いつだって最後にはけらけら笑っちゃったな……うん、大丈夫、続けられるよ。ねえちゃんは大学に入って、少しのびのびした感じになった。顔色もよくなって、ふっくらしてきて。恋人がいたんだ、俺は全然知らなかったけど。コーラスのサークルに、ピアノの伴奏をしに来てた音楽大学の学生だって。

俺はババァとねえちゃんが、声を殺して言い争ってるのを何度もきいた。つまり……ねえちゃんは妊娠しちゃったんだ。ババァはもう半狂乱。「これから司法試験なのに、あんたの人生はもうお終いよ。あたしの夢をぜんぶ賭けてたのに、あんたは何もかもお終いにしちゃったのよ」ってね。

ある日、ねえちゃんと母親が一緒に帰ってきたとこに俺は出くわした。ふたりとも何にも喋らなかったけど、俺はねえちゃんの顔を見て、わかったんだ。結局、ババァにかけられた呪いのほうが、おなかの中のちっちゃな命より強力だったってわけだよ。

ねえちゃんはそれから、猛烈に司法試験の勉強を始めた。いつ寝てるのか、ぜんぜんわかんなかったな。頰っぺたは削ぎ落とされたみたいになって、目ばかり光って、からだはますます薄っぺらくなって。そんなのが半年くらい続いた頃だと思う。あんまり頑張るなよって俺が言ったら、頑張ってるほうが楽なの、ねえちゃんはそう言った。

実際、その頃のねえちゃんは頑張ってるのがいいみたいに見えた。あんなに瘦せて、ひどく疲れてるみたいだったけど、時々とても安らかな目をする時があった……そうだ、今話していてはじめて気づいた。俺が好きだったドナテルロの彫刻に、どこか似てたんだ。

それから間もなく、ねえちゃんは黙って家を出た。手紙も電話もなし、大学にも現れない。けど俺は大丈夫だって信じてた。ねえちゃんはやっとあのクソババァの呪文から自由になれたんだ、いつかきっと俺にだけは連絡をくれるはずだって。

繁華街で偶然ねえちゃんを見つけたとき、やっぱり俺とねえちゃんの間には特別なテレパシーみたいなものがあるんだって思ったよ。いなくなってから、ちょうど半年経ってた。もううすら寒い風が吹いてるっていうのに、ブラウス一枚で街頭に立って何かの募金をしてた。もちろん俺の顔を見て、ぱっと笑顔になった。でもねえちゃんときたら、今どこに住んでるんだよって訊いてる俺に、世界中で行われてる動物実験で一日に何匹のサルが犠牲になってるか、なんてことを喋りだすんだ。俺はとにかく、そのとき持ってたお金をぜんぶ募金箱に入れるしかなかった。それから「ねえちゃん、帰ろうよ」って腕を摑んだんだけど、そしたら仲間のやつがさあっと俺からねえちゃんをひき離し、車に乗せて行ってしまった。

うん、親に話した。それで何とか連れ戻したけど、前とは人が違ってたな。いつも苛々して、口を開けば地球の裏側か空の上のほうで起きてることについてまくしたてる。俺なんか目に入らないみたいだった。どう見たってねえちゃんは病気だったよ。だけど医者に連れてくって言った親父に、あのババァが抵抗したんだ。精神科に一度かかったくらいで人生お終いってわけじゃないのに、そんなくだらないことでぐずぐずしてるうちに、ねえちゃんはまた逃げだしちゃった。

もう帰ってこないだろうな。ねえちゃんは行っちゃったんだ、永久に。俺にはわかる。知らないはずのことをわかってしまうことってあるよね？　ねえちゃんが歌ってくれたあの歌が、あれ以来俺にとりついてしまったのは、ねえちゃんがもう帰ってこないっていうのが、ほんとだからなんだ。

みんなあのクソババァが悪いんだ。あれは、あの女は、ねえちゃんから何もかもとりあげた。自分の子供から徹底的にモトをとろうとしたんだ。それなのにまだ「私はあの子に幸せになってほしかっただけなのに」なんてふざけたことを言ってやがる。嘘(うそ)つきの、誤魔化し屋の、自分を正当化してばかりいるがめついクソババァ。俺なんかどうせ見向きもされないけど、あれから生まれてきたなんて考えると、それだけでぞっとしちゃうよ。

おいしいね、このコーヒー。ううん、砂糖はいらない。コーヒーの匂(にお)いって久しぶりだな。

……自分でもいやなんだ。すごくいやだよ……あのクソババァを呪(のろ)えば呪うほど、みじめになる。結局俺は何にもできなかった。ほんとにクソなのは俺なんだ。

わかってる、こんなふうに考えたって何の足しにもならない。でも俺はいつだって、うちの母親か、それとも自分のことか、どっちかを攻撃してた。嫌ったり責めたり後ろめたくなったり、そういうぐるぐるまわりはねえちゃんがいなくなってからずっとひどくなった。俺はそういうの、いい加減どこかでやめたかったんだ……

ババァが言ってたよ。からだが丈夫じゃないから子供はひとりにしたかったのに、男の子が欲しかった親父は、そんなこと少しもきいてくれなかったって。いくらちっちゃなガキだって、そういう話はわかるんだよ。親父のこと恨むくらいならやめればよかったんだ、ねえちゃんにさせたみたいに。それとも少しは……あのバァも希望ってものを持ってたんだろうか。

でも俺は、みんなを喜ばすことなんか何ひとつできなかった。せめて俺があいつみたいに、勝ち目のない闘いでもちゃんとやり遂げる人間なら、いろんなことが違ってただろう。ねえちゃんのことも、助けられたはずだ。

うん、翌日は二学期の終業式だった。俺んちから一緒にでかけたよ。目の上は青黒いし唇んとこは赤黒いし、あいつはけっこう派手な顔してた。

廊下の向こうから町山がやって来るのが見えた時は、ちょっと緊張したな。でも結局、町山のほうがあいつから目を逸らしたんだ。なんだ、たいしたことないなって思ったよ。

担任は、「おい、どうしたんだ」って一応訊いたけど、あいつが「転んだんです」って答えたら、そんなの嘘だって丸見えなのに、それ以上追及しなかった。あの先公はいつだってそう。あいつがいじめられてるのだって、見て見ぬふりしてたわけだし。

でもまあそのおかげで、学校では何の問題も起こらなかった。ちょうど冬休みでいい具合に時間があくし、三学期になったら、あいつのっていうか俺たちの、この浮き上がっちゃった雰囲気も何とかなるはずだって俺は気楽に思ってた。ケットウジョウ以来、あいつのことを密(ひそ)かに尊敬……とまではいかなくても、それなりに評価してるやつはいたと思う。俺はそういうクラスの微妙な空気、感じてたんだよ。

だけど三学期のことなんか考えてる場合じゃなかった。またしても俺は甘かったんだ。

夜、電話があった。あいつの声、震えてたよ。声を殺してるせいもあるけど、それだけじゃないのはすぐにわかった。

「ケンちゃん、うちのおかあさんがさっき帰ってきて、すごい剣幕なんだ。僕、部屋に閉じこもってるつもりだったのに見つかっちゃって、転んだって言っても全然信じてくれないんだ。どうしよう」

俺は舌打ちした。だからもう一晩泊まれって言ったのに。

「どうしようったって……おまえ、大丈夫なのか」

「……うん」

「おかあさん、なんて言ってる」

「訴えるって。今、出かける支度してる」

「どこへ？　校長んちとか？」

「学校なんか駄目だって、もみ消されちゃうだけだから。知り合いの弁護士の人のところへ行って、すぐに訴えるって」

それから、きつく縛った袋の口から洩れだすみたいな泣き声がきこえてきた。

もし、あいつがいじめられっ子としてもう一度みんなの前に引き摺りだされたら――あいつがなんとか守り抜こうとしたものは、ずたずたにされてしまうに違いない。

あの時、俺は確信した。あいつはほんとうに命を賭けてたんだ。そしてそれをわかってるのは、この世でたったひとり、俺だけなんだってね。

受話器を置くと、あいつの住んでるマンションまで自転車をすっ飛ばした。行って何ができるのか、どうするつもりなのか、そんなことは全然考えてなかった。非常階段を五階まで駆け上がって、表札にあいつの名字を見つけて、インターホンを何度も鳴らして……ノブを摑んだら、鍵はかかってなかったよ。

俺が玄関に踏みこんだところにちょうど、あいつのおかあさんが奥から出てきた。

片手にハンドバッグ持って、紺色のオーバーを羽織りながら、「何なの」って顔で俺のことを睨(にら)みつけた。俺みたいにでかいのが勝手に入ってきたんだから、怖かったのかも知れない。だけど俺は、よかった、間に合ったって気持ちのほうが強かったんだ。

「トモユキくんの友達です」

どぎまぎしながら答えると、「ケンちゃん！」って声がして、あいつが飛び出してきた。学校で会うよりもっと小さく、子供っぽく見えたよ。

「トモユキも私もこれから出かけなくちゃならないの」あいつのおかあさんが言った。

「おかあさん、僕行かないよ、絶対行かないよ」

あいつが震えながら言い張ると、あいつのおかあさんの肉の薄い顔のこめかみに、みるみる青筋が浮き上がった。まるで漫画みたいにくっきりとね。俺は一瞬、それをぼーっと見てたんだけど、「早く支度しなさい！」って怒鳴り声で、はっとした。

俺がもっとうまく喋(しゃべ)ればよかったのかもしれない。だけど、頭に血がのぼってる大人が相手だと、どうにもならなかった。ただ「行かないでください」ってしか言えなかった。するとあいつのおかあさんは、すごく妙な顔をして俺を見たんだ。

「あんたがトモユキをこんなにしたのね？　だから訴えられると困るんでしょ？」

びっくりしたけど、もちろん「違います」ってはっきり言った。あいつだって、

「違うよ、ケンちゃんは違うんだ。それに僕、いじめられてなんかないよ。いじめられたりしてないよ」って必死だった。

だけどあいつのおかあさんは、「脅されてるのね。勇気をだしてほんとのことを言うのよ」ってあいつの肩を揺さぶった。あいつはもう、蛇に睨まれた蛙だよ。目をいっぱいに見開いちゃって、その目からまるで栓が抜けたみたいに涙がだらだら流れて。

自分の息子がどうにもならないってわかると、あいつのおかあさんは俺を振り返った。

「中学生だからって容赦しないわよ。徹底的にやってやるから！」

一瞬凍りついた。怖かったんじゃない。なんかもう、冷え冷えとしちゃったんだ。

それからは、ほんとにひどかった。「おかあさん、もうやめてよ」ってあいつが叫んで、するとあいつの母親は傘立ての傘を摑んで「この意気地なし！」って、あいつのことをバシバシ叩いた。きのう町山に全身やられちゃったあいつをだよ。「意気地なし！　あんたは父親と同じ意気地なしよ！」って、なんだか頭のチャンネルがどっかにぶっとんだみたいになっちゃって、とめようにもとめられないんだ。みるみるうちに傘が曲がって、それでもやめようとしなかった。

俺は屈みこんであいつを庇った。傘の先が背中をぐいぐい突いてきて、体じゅうがかっと熱くなった。あいつはもう俺の下にいることさえわからないみたいに、震えながら泣いてるばかりだった。あいつの泣き声がひぃぃ、ひぃぃぃって、妙に高いかすれた息みたいになってくのがきこえて、俺はその声に「やめろ」って叫んだんだ。やめろ、やめろ、もう泣くのはやめてくれ……!

俺はそのとき思った。クソババァってのはみんな同じだ。あいつの母親だって、自分がいじめられっ子の親だってのが、いやなだけだよ。俺んちと同じだよ。自分の満足のために子供がいて当たり前だと思ってる、吸血鬼なんだ。

あのときのこと? あいつが傘で滅茶苦茶ぶたれて、俺が間に入って……でもそのあと自分がどんなふうに立ち上がって、あいつの母親がどんなだったか、それは全然思い出せない。頭んなかにいろんなことが押し寄せて、俺はしなくちゃならない勝負の相手を見失ってしまった。俺はあいつのことも、あいつの母親のことも、ほんとには見ちゃいなかったんだ。

ちょうど一カ月くらい前、会いに来てくれた。あいつ俺の顔見た途端に泣きだしちゃって、「ケンちゃん、僕のために、僕のために」って、泣きっぱなしなんだ。恨み言なんかひとつも言わないで、俺の心配ばかりしてた。

だから俺、言ったんだ。「俺はおまえのために、あんなことをしたわけじゃない」って。するとあいつは「嘘だよ」と顔を上げた。

「もしケンちゃんがああしなかったら、おかあさんは弁護士のとこへ行ったよ。そしたら僕は生きちゃいなかった。ケンちゃんならそれがわかったはずだよ。だからどうしても、おかあさんをとめなくちゃならないって、そう思っただけなんだ。ケンちゃんは悪くない、ちっとも悪くないんだよ……」

それを聞いて、胸がいっぱいになったのはほんとだよ。だけど、あいつの母親の頭にガラスでできた置時計を振り下ろした瞬間、俺はあいつのことなんかまるっきり考えてなかった……それもほんとなんだ。

俺は、そんな大事なことで嘘をつくわけにはいかない。俺があいつの命を救うために人殺しになった、なんていうふうにあいつに一生思わせたら、そんなのは詐欺だ。だから、もっとはっきり言ったよ。俺はあの時、おまえのことなんかどうでもよかった。もしおまえのおかあさんを死なせてなかったら、自分か、自分ちの母親か、それとも道を歩いてるどこの誰とも知れない女を殺してたかもしれないって。だってほんとにそうだから。

「ケンちゃんが、そんな頭の変なやつみたいなこと、するわけない」

あいつがそう言ったとき、逆に「俺は頭の変なやつなのかな」って考えてしまった。ケンちゃんケムシによく似てる、ケロケロなくからカエルの子……ねえちゃんは、どこかで俺のことをきいただろうか。こんなことになったのを悲しんでるのかな。もしも時間を巻き戻せるなら、いったいどこまで巻き戻せばいいんだろう。ぐるぐる時間を巻き戻して、ねえちゃんが子供になる、ババァも子供になる、親父も子供になる。それでも俺はぐるぐるぐるぐる巻き戻して、するとちっちゃなガキどもは手を繋いで輪になって踊りだし、ねえちゃんが回る、ババァが回る、親父が回る、俺も回る、もう誰が誰だかわからないくらいぐるぐる回って、どろどろに溶けたバターみたいにいっしょくたになるまで俺は時間を巻き戻してやりたい。

でもそんなことをいくら考えたって、わかるのは、どうにも後戻りのきかないところまで追いこまれたってことだけなんだ。あの時の俺は静かな声で、もう誰も何も答えられないくらい静かな声で、あいつに言うのが精一杯だった。「帰ってくれ」って。

「ケンちゃん……」

もう来ないでくれ。俺がそう言うと、あいつは黙って帰っていったよ。

しばらくは「これでよかったんだ」と思ってた。あいつはもう、俺のために泣いたりしないだろう。でも帰り際、最後に振り返ったあいつの顔を思い出すたびに、やっぱり俺は間違ってたんじゃないかって気がしてくる。泣いてるほうがまだましだった、あの顔よりは。あんな、空っぽな顔よりは。

もし、もう一度あいつが来てくれたら、俺は今こうやって話してるみたいに、俺んちのこととか、ねえちゃんのことも話してみようと思う。ねえちゃんのことは誰にも話せないってずっと思ってたけど、あれからよく考えたんだ。やっぱり話さなくちゃ駄目だ。あいつに話したいんだよ。

でもなかなか来てくれない。来るなって俺が言ったんだから、当然だよね。俺、待ってるよ。あいつはきっと来てくれる。だってあいつは、すごく粘り強くて執念深いんだ。俺に何回投げられたって、泣きべそかきながら向かってくるようなやつなんだ。伝えてもらえますか？　俺が会いたがってるって。あいつ今どうしてるんですか？　映画監督のおとうさんと一緒に暮らしてるんでしょう？　黙ってないで教えてください、俺がこんなに喋ったのは、あいつのことをきけると思ったからなんだ。あいつは……元気でやってるんですよね？

ゆうべ、夢を見た。鮮やかな夏の草原を、あいつは馬で疾ってた。ちっちゃなからだをぐっと屈めて、馬と一緒に風をひゅうひゅう切って、すごいスピードだった。だけど馬の黒く光る目も、手綱を取るあいつの白く骨の浮き出た握り拳(こぶし)も、どんな細かいところだって俺にははっきり見えた。ああ、ちゃんと北海道の牧場に行けたんだなって、俺は眠りながら少し笑ったような気がする。

私のサドル

どこにいるの、私のサドル。ときどきそっと呼びかける。どこにいるの、どこかにいるの、どこにもいないの？　ききたいよ、あなたの声を。

「私はサドルです」

ふと名前を呼ばれた気がして、誰、と泣きはらした目をこすりながら見回すと、声はそう答えたのだった。

「ほら、左手を置いている」

びっくりして手をひっこめた。たしかに私は自転車のサドルに左手を置いていたから。

ごく普通のママチャリのサドル。茶色い合成皮革でできていて、おしりを乗せるところが広くふかっとなっている。その広くなったところで、瞼(まぶた)の重そうな一対の目がまばたきしていた。

「そんなに泣かないで」

サドルはちょっとやさしいおとうさんみたいな口の利(き)き方をした。うちのおとうさんとはぜんぜん違うけど。喋るとほんの一瞬、ぐにゃっと動く。

私は高校二年生で、城ヶ崎くんのことで泣いていた。城ヶ崎くんとは同じ小学校から同じ公立中学に行って、同じ私立高校を目指して同じ塾に通い、塾から家に帰る道も同じだった。夜の舗道を歩きながら、城ヶ崎くんは英単語の覚え方のこつを教えてくれたり、数学の解への道筋を辛抱強く辿ってくれたりした。彼と身長は同じでも成績は下だった私が、めでたく志望校に入れたのはそのおかげだ。

でも高校に入ってからは、男子ばかりの登山部に城ヶ崎くんが入ったせいもあって、距離が離れていた。一年の二学期に彼は登山部をやめているのだけれど、私はその頃にはもう、詩の朗読という妙な部活にどっぷり入れこんでいたから、何か変化があったとしても気づけなかった。そしてそのまま時が過ぎ、とんでもないことが起きたのだ。

城ヶ崎くんと私は、付き合ってたとかそういうんじゃない。でも今、音楽の松木先生のことが大問題になり、その相手が城ヶ崎くんとなると、やっぱりショックは大きかった。

「彼だけが悪いわけじゃないよ」

サドルは同情するように言った。

「それはわかってるけど……」

たしかに城ヶ崎くんだけが悪いわけじゃない。松木先生は大人の女の人だし、教師なんだから、生徒を自分のアパートに入れたりしちゃいけなかったんだ。それも何度も。

「城ヶ崎くんのこと、知ってるの？」

もちろん知ってる、とサドルは言った。「一緒のとき、ミキちゃんは俺にまたがらなかった」

サドルがきゅうに「俺」と言ったことも、「ちゃんづけ」で呼ばれたことも、そのときは気づかなかった。私は下校の途中で、電車の駅から家に向かって自転車を押していた。悲しくて、とても乗る気になれなかったのだ。

サドルの言うように、城ヶ崎くんと一緒だった塾からの帰り道、私はいつも自転車を押していた。ちょうど今みたいに。成績が伸び悩んでいた私に、「ミキちゃんはわかんないと、壁つくっちゃうだろ。何がわかんないのか、まず自分でわかんないとダメだから。一人じゃ解決できなかったら、俺に言ってみな。協力するから」そう彼が言ってくれたときのことを思い出し、また涙が溢れた。

「でも、人にひどい怪我させるようなことをしたのは城ヶ崎くんが悪い。城ヶ崎くん、バカだ……」

ことのあらましは、松木先生が城ヶ崎くんに別れを切り出し、すると城ヶ崎くんが逆上して暴力をふるった……ということらしかった。嘘か本当か知らないけれど、松木先生が堕胎したという噂まで流れていた。あの手足の細い、柔らかそうな長い髪の松木先生と、色白で、ヒゲ剃りなんて必要なさそうで、ハンガーみたいな肩以外は男子っぽくない城ヶ崎くんが、いったいどんなことを、どんなふうに、どのくらいしたのか、私には想像もできなかった。想像しようとすると頭のなかが膨れあがって、破裂してしまいそうだった。

「お乗り」

断固たる口調に、振り向く。さっきは気づかなかったけれど、サドルの細くなっているところに口らしきものがある。ドラキュラみたいな八重歯が、チラッとのぞいた。

さあ、と促された。

「いやよ」

「いいからお乗り」

躊躇っていると、ほら、とサドルは口もとを結んだ。噛みついたりしませんよ、とでも言うように。

またがって、ペダルを踏んだ。力をこめて踏みこんだ。ぐらぐらしていたハンドルがぴしっとなって、スピードがあがる。

「あぶないっ！」

最初は肩に、一拍置いて頭に衝撃を感じた。クラクションを鳴らして、タクシーが走り去った。私は電柱と自転車に支えられてなんとか立っている恰好で、脚のあいだの、サドルの当たっているところがものすごく痛かった。

「ミキちゃん……大丈夫？」

サドルの声が、しゃがれていた。私はよろよろ自転車を降り、ふうっと息をした。それから「ありがとう」と言った。

「あぶないって言ってくれて」

サドルは「悪かった。乗せるべきじゃなかった」ともごもご言った。「無事でよかったよ」

結局私は自転車を押して家まで帰った。ガレージのなかで自転車のスタンドを立てると、それはいつもとなにも変わらない、ただの茶色い合成皮革のサドルだった。

下着に擦れたような赤っぽいしみがついている。お風呂に入ると、あそこにお湯がしみる。電柱にぶつかったとき、サドルで強く打ったせいだ。まさか自転車のサドルで初体験？　一瞬目の前が真っ暗になりかけたけど、乗馬部の同級生が「あそこを鞍にぶつけて血はでるし、おしっこもしみるし、最初のうちは夜用ナプキンを二重に当てて練習した」と言ってたのを思い出して、とりあえずほっとした。でも乗馬部のコたちは派手だし、いろいろ遊んでそうだしなあ……なんてことをあれこれ考えていたら、またもやもやしてきた。

昼間あんなに泣いてしまったのは、城ヶ崎くんの事件を知ったからだけど、それだけじゃない。つまり……考えながら、お風呂のお湯から目だけぎりぎり出るところまで沈みこむ。つまり、時間は巻き戻せない。もう城ヶ崎くんと一緒に自転車を押しながら歩いた時間は完全に終わってしまい、私はひとり取り残されたというだけでなく、彼が経験した欲望からつまはじきにされている。それが悲しいのだ。

私だって、私なりに憧れている。好きな人にぎゅっと抱きしめられ、完璧な一体感のなかに二人で溶けこむことに。そのあたりまえな、誰の目にも明らかな帰結として、いつか自分のなかに相手の分身ともいえる存在が息づくことに。そうやって自分が好きな人に、いやたぶんもっと違う何かに占有されてしまうと、もう私は私でなく、何か暗い仕組みの一部になってしまう——そのことの疎ましさと陶酔が、まだ何も経験していないのになぜこうもありありと感じられるのか、それは不思議なほどだった。お風呂からあがって、脚のあいだを手鏡でのぞきこんだ。血が出ていたのが少し気になったから。いつもと変わらない。カエルのように真っ白なおなかの下のほうに、いきなりみっしりと黒い毛に覆われた部分があって、そこにピンク色の別の生き物みたいなのが隠れてる。城ヶ崎くんは松木先生のこういうのを知ってるんだ……と思うと、また目の奥がぐるぐるするような、強烈な感じがやってきた。

指先で、触れてみる。指が湿った沼地に吸いこまれていきそうになる。でもだめだ。中学のとき一緒だった奈美子はよく、枕を脚のあいだに挟んでそういうことをすると、すごく気持ちいいなんて言っていた。私は脚のあいだに枕を挟もうとぬいぐるみを挟もうと、「いったい自分はなにをしてるのやら？」という気分になってしまう。もし私が奈美子みたいだったら、城ヶ崎くんは私に対してなにか違ってたんだろうか。だけど松木先生に嫉妬する気にはぜんぜんなれなかった。松木先生のことは、悪いけどちょっとバカだと思う。そのかわり、私は城ヶ崎くんに嫉妬している。あまりに嫉妬しているから、城ヶ崎くんになりたいほどだ。城ヶ崎くんになって、あとさき考えずにピンク色をした沼地の奥深くに沈みこんでしまいたい。

それってちょっとおかしいんじゃないか……洗面所の鏡の前で、自分の小さい胸をしげしげと眺めて考えた。私は女子で、城ヶ崎くんにはなれっこない。いや、仮に松木先生になりたかったとしても、ぜんぜん無理だ。

雨が降ったり週末だったりで、自転車は三日間ガレージに入れっぱなしだった。四日めの夕方、ショッピングモールの駐輪場で自転車を押していたら、

「あそこ痛いの、なおった？」

ふいに話しかけられて、私はしいっと指を立てた。この間は泣きすぎて頭が変になったのかと思ったけれど、サドルはやっぱり瞼が重そうで、八重歯がドラキュラだった。もっとも、どんな素敵な目鼻立ちだったとしても、顔の輪郭がサドルじゃ意味ないけど。

前カゴには買ったばかりの文庫本と、母に頼まれた国産大豆の豆腐が入っていた。道路に出て、ハンドルを押しながら小声で話しはじめた。

「知ってるの？」

「なにを？」

「……痛かったって」

「それはわかるよ。俺だって痛かった」

私はむっつりうなずいた。

「城ヶ崎くんは転校するって」

ちょっとの間、サドルは黙りこんだ。「まあそれしかないだろう」

「ケガさせたから少年院とか行くのかと思ったけど、それはないって」

「うん」

「……よかった」

「そうだね」

暮れはじめた空に、クスノキの花の香りが強かった。どこにあるんだろう、クスノキ。この青臭い、独特の香りがすると、もうじき雨の季節がやってくる。

「ミキちゃん」

なんとなくあらたまった調子に振り向くと、サドルは空咳(からせき)をした。

「なあに」

「言いにくいことがある。言っていい？」

「いいけど……」

「ミキちゃんのはいてるジーパン、きつくない？」

「え」

「きつすぎるのは体によくないよ」

ジーパンなんて言葉を使うのは、きっとこの自転車が母のお古だからだ。

「やだなあ、保健室の先生みたい。もしかして母とも話した？」

「いいや」

「どうして」

「誰とでも、というわけじゃない。俺がそういうふうに見える？」

そう言われてもサドルだし。と思っていたら、

「ミキちゃんのおかあさんのおしりは柔らかかった」

サドルはそう言って、フフンと笑った。


母は城ヶ崎くんがあんなことになったのは、親がいけないんじゃないかって言う。城ヶ崎くんのおかあさんは、城ヶ崎くんの実の親ではないから。

「でもほんとのおかあさんは死んじゃったんだよ。今のおかあさんはほんとのおかあさんの妹で、赤ちゃんだった城ヶ崎くんの世話をしていて、おとうさんと結婚することになったんだって」

妹、ときくと、母は「あらそう」という顔でご飯をよそった。そこで納得するのは

ちょっと違うだろうという気がしたけれど、面倒なのでそれ以上突っこむのはやめた。そもそも城ヶ崎くんの家について、そんな中途半端な話をどこで仕入れてきたのか謎だ。事件になるってこういうことか、と思った。

そのあとお風呂に浸かっていたら、この頃になってきゅうに思い出したことがまた気になりだした。高一の三学期に入ってすぐ、城ヶ崎くんと久々に下校が一緒になったことがあった。冬の短い日はすぐ落ちて、駅からの道はもう暗かった。彼はそれまでとちがって無口で、「どうしたのかな」と思っていたら、なんだか不思議な表情で私を見つめたのだった。

それはほんのちょっとのあいだのことで、いつもの曲がり角にやってくると、彼は「じゃあな」とふつうに行ってしまったのだけれど、あのとき……城ヶ崎くんは私にキスしたかったのかもしれない。

したかったんだろうか？　してたらどうなったんだろう？　あのときの私はなんにも考えてなかった。なのに今、キスすればよかったような気がしている。わけがわからない。

お湯のなかでのぼせながら、ぐるぐる考えていた。もし私とキスしてたら？　城ヶ崎くんは松木先生にケガさせることにならずにすんだのだろうか？　いや、あの日城ヶ崎くんはもう松木先生とそういう関係だったのかもしれない。

もしかしたらそのせいで、私のことを以前とちがう目で見た……？

翌日の夕方、こちらから話しかけてみた。

「どう思う？　城ヶ崎くんはあのときもう……」

サドルは「わからない。推測でものを言うのは好きじゃない」と、話をやめたそうだった。私はかまわず続けた。

「もしそうだったら、きっと悩んでいたよね。私に相談したかったのかもしれない」

「それも推測だけどね」

「……私バカだ。気づいてあげられなかった」

サドルはため息をついて「ねえミキちゃん」と言った。

「俺もあの日のことは憶えてる。あいつちょっと変わったなって思ったよ。でもそれがなぜなのかは、たぶん誰にもわからない」

「誰にも？　城ヶ崎くん自身にも？」

サドルが大きくぐにゃりとなったので、うなずいたのがわかった。

「ミキちゃんだって、変わったんだよ」

「そうかなあ……」

「誰でも変わるし、変わらないところもある」

「私、ずっと変わらないんじゃないかって気がする。このままおばあさんになるんじゃないかって」

サドルは「フフ……」と笑った。

「おばあちゃんになっても、俺にまたがっていいよ」

あら、と私は顔を上げた。

「私、高校卒業したら免許とるんだ。仕事しはじめたら車を買って、自分で運転してどこへでも行く。自分の好きなところに、どんな遠くでも」

ママチャリのおばさんになんか、ならないんだから。

「できるよ、ミキちゃんなら」

言い方が少し陰気っぽかった。でも、見るとサドルは頬笑(ほほえ)んでいた。

「ほんとはできないと思ってるんだ」

声が大きくなったところを見ると、本気で心外だったらしい。

「どうしてそんなふうにとるの」

「ミキちゃんは、ときどき素直じゃないよ」

城ヶ崎くんと偶然会ったのは、夏休みに入ってからだった。コンビニでアイスクリームの冷凍ボックスをのぞきこんでいたら、隣に誰か立った。見ると、城ヶ崎くんがいた。

私だとぜんぜん気づいてなかったみたいで、あ、と目が合うと、きまり悪そうに顔をそらした。私はモナカをひとつ取ってから、冷凍ボックスを開けたままにして「何にする？」というように城ヶ崎くんを見た。彼は腕を伸ばしてバニラの大きなカップを摑み、レジのほうに行ってしまった。

それぞれ会計して、コンビニの前のベンチのところで「ここで食べようよ」と、後ろから声をかけた。城ヶ崎くんは振り返り、無言でどさっと腰を下ろすと、プラスチックの小さなスプーンでバニラアイスの固いのをつつきはじめた。

ベンチは日陰で、風がとおり、気持ちよかった。モナカを指先で割りながら、ひとつひとつ口に入れた。けれど頭のなかは、なんて言葉をかければいいんだろう、とそれだけでいっぱいだった。

城ヶ崎くんはアイスが少し柔らかくなってくると、小さなスプーンから落ちてしまいそうなほど大きいかたまりをすくって、どんどん食べた。前からそういう食べ方だったから、べつに早くここから去りたくてわざとそうしてるんじゃないのは知っていた。でも、食べ終わったカップとスプーンをコンビニのゴミ箱にちゃんと分別して捨てて、ベンチの前に戻ってきた城ヶ崎くんが、もう座る気がないんだとわかったときはなんだか胸が痛かった。そのとき見上げた彼の顔は、空が明るいぶん翳っていて、水みたいにきれいだった。城ヶ崎くんのしたことはいいこととはけっして言えない。でも城ヶ崎くんがしなくても、きっと誰かがしていたことで、それがたまたま城ヶ崎くんだったんだよ、運が悪かったんだ、そうだよね？——そう言いたかったのに、どんどん柔らかくなってくるアイスモナカを指先でつまんだまま、私は城ヶ崎くんの目を、白っぽくなった頬を、とがった顎の先を、短いけれどちょっとゲジゲジした眉毛を、ただじっと見ていた。

「あの自転車、まだ乗ってるんだ」

駐輪場の自転車をちらっと見て、城ヶ崎くんはほんの少し頬をゆるめた。私の視線を逸らせようとするみたいに。

「城ヶ崎くん」

声をかけると、彼はすばやく表情を顔の内側にひっこめてしまった。私は「ここでめげちゃだめだ」と自分をはげました。

「また会おうよ」

ほんとうは、アイスをレジに持っていくとき思ってた。「あのとき何を考えてたの?」とか「私とキスしたかった?」とか、訊くなら今しかないって。でも、向かい合ったらどうでもよくなっていた。ただ城ヶ崎くんとまた会いたかった。彼は「うん」とも「いいや」とも言わなかった。

「元気で」

小声で言うと、駐輪場を抜けて歩道に出て行った。

川原に沿ったサイクリングロードを、こんな夏の真昼に自転車で走っているのは私だけだった。川風は湿って、お湯のなかにいるように私の皮膚にまとわりついた。自転車の速度をあげ、風を切る。その風はやや冷たく、お湯のような川風と混ざり合い、肌をちりちり刺激した。

「聞いてる?」

緩い下り坂で、私はサドルに呼びかけた。

「ねえ聞いてる?」

「すみませんが、またがったまま話しかけないでください」

私のおしりの下だからか、サドルの言葉遣いは丁寧だった。くぐもった声が足の付け根から伝わってきて、するとすこしくすぐったいような、オシッコをがまんしているときのような感じがした。前に一度だけ、よく似た感じになったときのことをちらっと思い出した。中学のときに行ったスキー教室で、がたがた揺れるリフトに乗っていたら、じれったいようなへんな気分になったのだ。

　でも自分の体のこともサドルの言葉も、私は両方とも無視した。

「私、決めた」

　坂道はまだ続く。ブレーキから指を離した。

「私、一生男の人と付き合わない」

「どうぞお好きなように。ミキちゃんの人生はミキちゃんが決めるしかありません」

「馬鹿(ばか)にしてる？」

「とんでもない。ミキちゃん、城ヶ崎くんはミキちゃんにまた会おうって言われて、うれしかったと思う。ミキちゃんはもっと自分に自信をもっていい」

　きゅうに涙が溢れた。自転車は飛ぶような速さで、川原の夏草のそよぐあいだを駆け抜けた。私の人生は私が決めるしかない。当然だ。でもいったいどこまで自分で決められるのか、どうすれば「自分で決めた」と思えるのか、ぜんぜんわからない。そもそも自分で自分をちゃんとコントロールできるのかもわからない。それを考えようとすると、城ヶ崎くんと彼がしたことについてとことん考え詰めてしまう気がした。でもそんなのつらいばかりで何にもならない。なぜかそれだけはわかった。サドルとおしりのあいだに、汗がたまっていた。

大学を出て、やっと就職したのは社員が十人そこその小さな商社。とにもかくにもそういう居場所を得て、仕事にもだんだん慣れてきた頃、城ヶ崎くんともう一度会った。祖母が入院していた病院で、偶然に。彼は新米のレントゲン技師だった。看護師をしている年上の奥さんとの間に、もうすぐ一歳の娘がいると、ちょっとくすんだ笑顔を見せた。時間が経(た)つってこういうことか、と私は思い、そういうふうにしか思わない自分に少しだけ驚いた。

川原でたてた私の小さな誓いは、とっくに破られていた。大学に入ってすぐ、二学年上の先輩と付き合いはじめたのだ。私は女子寮から、あいかわらず同じ自転車に乗って先輩のアパートに通った。

あのアパートのことを思い出すと、いつも窓の外に夾竹桃(きょうちくとう)が咲いていて、いつも雨が降っていたような気がする。先輩の寝息くさいタオルケットにくるまって、キスしたり、下着のなかを触ったり触られたり、それからもっといろんなことをした。最初はうまくいかなかった。なんとかそれらしいことをしても、痛いばかりで、ちっとも愉しくない。なのに、ギイギイいう古い自転車を漕いで、また先輩のアパートに向かっている。それが自分ながら不思議だった。

　でもある日、下着だけになって抱き合い、布団のなかでもぞもぞ身動きしていたら、ふたりの体が何を考える間もなく滑らかに繋がっていた。いつどうやって下着を脱いだのかもわからないほどだった。そのときはじめて、「ああこれで落ち着いた」というような深い満足を感じて、私は恋人の顔を見上げた。彼も私のなかでしばらく身動きせず、じっとやさしく私を見つめていた。あんなに安らいだ男の人の顔を見たのは、はじめてだった。そうだ、あのときも夕方から雨が降りだした。

　寮に戻る頃には、本降りになっていた。また傘をさして自転車に乗るのか、と思いながらアパートの階段を降りると、階段下に置いたはずの自転車がない。

「最近多いって大家さん言ってたもんな」

　先輩は振り向き、「交番に行く?」と、あまり気乗りしない感じで私に訊いた。

「……盗まれたの?」

「よく持ってくよなあ、あんなの」

ぶつぶつ言いながら先輩は雨のなかに出て行くと、塀際(へいぎわ)をちょっとのぞいたりして戻ってきた。

「買ったとき、警察に登録した？」

「知らない、おかあさんが乗ってたのだから」

「登録してないんだったら行っても無駄だけど」

そんなことより、今まであったものがない、という動かしがたい現実に私は呆然(ぼうぜん)としていた。最後にサドルと話をしたのはいつだっけ……どうしても思い出せない。

「もう新しいのを買った方がいいよ。今度バイト代入ったら、俺が買ってやるよ」

軒下で彼は私の肩を抱き寄せ、ひたいにキスした。ふと、この人とも別れるときがいつか来るんだ……という気がしたけれど、雨音と恋人のシャツのにおいのなかで、私はぎゅっと目を閉じた。

マジック・フルート

「儂が死んだらこのピアノはおまえに引き取って貰いたい」

八十八歳の誕生日を間近に控え、祖父はそんなことを言い出した。

年に一度、僕はピアノの調律をしがてら九州の祖父を訪ねる。今年、祖父はいつもと様子が違った。わざわざ飛行機に乗っておんぼろピアノの面倒をみにくるなど馬鹿げている、というお決まりの台詞もなかったし、調律を終えた僕がバッハの平均律を弾くと、欠伸もせずに最後までじっと耳を傾けていた。

「儂はおまえが演奏家になると思っていたのだが……これでいいのだな」

この今更としか言いようのない念押しにはまいったが、僕はただ「人前で弾くのは苦手だからね」と答えた。

来月から、僕は調律師としてドイツのピアノ工房に行く。整音や調整の技術を修業して、帰ってくるのは少なくとも一年以上先になる。普段はまるで死ぬことなど忘れてしまったように精力的な祖父が、「死んだら……」などと言い出したのは、もちろんそのせいに違いなかった。

「すぐ帰ってくるよ」

声には出さず、祖父はただ頷いていた。艶のよかった白髪頭はくすみ、体ぜんたいがきゅうに縮んでしまったように見えた。

その夜はなかなか寝付けなかった。もしかしたらこれが祖父に会う最後になるかもしれないという思いが、夜が更けるにつれ濃くなっていく。そういうときいつもするように、僕は布団のなかで小さく口笛を吹いた。『幸いあれ求める人よ』。単純でやさしい旋律だ。やがてかすれた口笛は夢とうつつの境に滑りこみ、いつしか眠りにひきこまれる。僕に口笛を教えてくれたのは、網枝さんだった。そして束の間とはいえ、僕に魔法のような力を与えてくれたのも網枝さんだった。

僕が祖父のところに預けられていたのは、小学校六年から中学にかけてのほぼ二年間、今から十五年前のことだ。

ひとりっ子だった僕の親権を争うこともなく、父は離婚後すぐに新しい相手と再婚した。母は東京で大学時代の同期の設計事務所に勤めだし、やがて僕を自分の父親のところに預けた。結婚であきらめていた一級建築士の資格を得るために、働きながら勉強したいから、と。

「じゃあね」と母を見送るだけで、僕は泣いたりすがりついたりなどしなかった。泣きながら父の足もとに跪いていた母の姿を何度も見ていたのだ。同じことを僕が繰り返してもしかたがないだろう。

祖父は既に七十代に達しており、祖母が死んでからの長い独居生活がすっかり身についていたことを考えると、いくら孫とはいえ僕は闖入者だったに違いない。二人きりになって最初の数日は、ほとんど無言のうちに過ぎていった。祖父がはじめて僕にかけた多少まともな言葉といえば、「その蒲鉾はいつのかわからん」だった。

祖父の家には驚くべき量の「物」があった。古銭が詰まった広口瓶、聞いたこともない国の軍服ではち切れそうな茶箱、レコード盤、掛け軸や壺、怪しげな彫刻の類が、何度も建て増しを繰り返し膨れ上がった家のいたるところに溢れていた。旧式のレジスター、車のハンドル、戦闘機の主輪まであった。何を集めるか、というのはどうでもよかったのかもしれない。祖父は正真正銘のコレクターだったのだ。

しかし僕が一緒に住むようになった頃、祖父はもうとっくに物集めをやめていた。祖母が亡くなってから、祖父はこの道楽への興味を失ったということだった。

思いきって訊ねたことがある。どうしてこんなにいろんな物を集めたの、と。

「おかあさんが言ってたよ。おばあちゃんは、おじいちゃんの趣味を嫌ってたって」

祖父は僕を一瞥し、それからあっさり言った。

「趣味を嫌ってたわけじゃない」

じゃあ何を、と訊かないくらいの分別なら、もう僕にもあった。

僕は祖父について、それまで大人たちから断片的に聞いていた話を自分なりに繋ぎあわせて想像を逞しくするしかなかったけれど、おおよそのところは把握できていたと思う。祖母はもともと祖父の友人の妻だった。その友人が手形詐欺か何かにひっかかり、ようやく軌道にのってきた縫製工場を手放さざるを得なくなると、祖父はある申し出をした。助けてやる、そのかわりに女房を寄越せ、と。祖母の美貌に目が眩んだ祖父が、友人を計画的に陥れた、などという中傷もあったけれど、実際どんな言葉が交わされたのかは誰も知らない。結局のところ祖母は工場と天秤にかけられて、失望だけを携えて祖父のところへやって来た。

戦後のヤミ市で一財産拵えたことから始まって、飲食店を営むかたわら相場で儲け、やがては怪しげな人脈を使って金融業に乗り出したという祖父。無茶な高利と荒っぽい取り立て、返済が滞れば子供の玩具まで取り上げていくという古典的な金貸しの時代が続いた。しかし僕が一緒に住みだした頃、祖父にそんな面影は微塵もなかった。寝るのも食べるのも同じ部屋で、株式市況のラジオ放送をぼんやり聴いているだけの老人だったのだ。家中に溢れかえった物たちは、祖母の死とともに祖父の中でも何かが終わったのを物語っていた。あるいは友人に対する罪悪感や、祖母を完全には自分のものにしきれないことへの不安に対して築かれた、砦の残骸のようでもあった。

もちろん、そんなふうに振り返っているのは今の僕なのであり、当時の僕にとっては父の前で跪いていた母も、祖父も、同じようにただもの悲しいだけだった。およそ人を愛するなどということに関わるものは、相手を求めるあまり自分を失ってしまうしかないのだ、と。

竪型の、美しい木目に赤みがかった塗りの施されたピアノは、祖父が買いあつめたなかで唯一、祖母を喜ばせた物だったらしい。日当たりのいい祖母の部屋には箪笥ひと棹とピアノがあるだけで、古びたペルシャ絨毯の濃い赤に、大きな窓にかけられた天鵞絨のカーテンの水色がよく映えた。

誰が決めるともなく、僕の勉強机とベッドはそこに運びこまれていた。ほかの部屋は祖父のコレクションに占領されていたからだろう。やがて僕が黄ばんだ鍵盤をぽつりぽつり叩くようになると、祖父は調律師を呼んでくれた。調律師は「こういうピアノはもうヨーロッパでも作れない」と頷きながら仕事をしていた。そして僕が先生についていないと知ると、歩いて二十分くらいのところに女の先生が住んでいると教えてくれた。

「優秀な先生ですよ。以前は演奏活動もされてた方です。ご両親の遺した家でお弟子さんを教えながら、お姉さんと一緒に暮らしておられるようです……」

調律師は音の整ったピアノでトロイメライを弾き始め、祖父はそちらに目をやったまま、僕に「習うか」と訊いた。祖父の聴くものといえば短波ラジオの株式市況だけだったから、ピアノの先生につかせてくれるとは思いもよらぬことだった。「どうなんだ」と促されて、慌てて頷いたのを憶えている。こうして僕は週に一度、夾竹桃の大木が庭を覆うその家に通うことになった。

先生はその頃三十代の半ばだったと思う。頬骨の高い目の大きな人で、なんとも容赦のない稽古のつけかたをした。間違った音を弾けば、即座に鍵盤から手をはたき落とされる。弾いている途中で突然ピアノの蓋を閉められ、間一髪で難を逃れたこともあった。その恐怖の瞬間を、しばらくのあいだ繰り返し夢に見たものだ。

しかし僕としては、その暗赤色の厚いカーテンに囲まれたレッスン室に通うしかなかった。せっかくの祖父の好意を裏切りたくなかったし、ラジオで聴いたベートーヴェンのワルトシュタインが忘れられなかったのだ。

ある日、レッスンを終えて玄関でスニーカーの靴紐(くつひも)を結んでいると、不覚にも目の前がぼうっと滲(にじ)んできた。頭のなかで今しがた先生に投げつけられた嫌味がぐるぐる回転していて（あなたの頭にへばりついてるこの耳みたいなものはただの飾り？……なんていうのは非常にソフトな部類だ）、なけなしの自尊心は粉々だった。

そういうときいつもするように、僕は蛙(かえる)について考えた。絢爛(けんらん)たる疣(いぼ)に全身を覆われ、雨上がりの黒く光る道を粛々と歩いていた巨大な蛙のことを。その発見を誰かに知らせたい一心で——たぶん母を捜したのだろう——五歳だった僕は束の間、蛙から目を離した。その年頃の子供にとって束の間がどれほどのものなのか、客観的な数値で示すのは難しい。もちろん車一台が通り過ぎるくらいの時間はあったということだろう。振り向いたとき、蛙はぺしゃんこに潰(つぶ)れてジャムのようになっていたのだから。

それ以来、たとえば父と最後に会った日にも、僕は蛙のことを考えた。蛙を思い出しさえすれば、この世にほんとうに重要なことはわずかしかないと納得できる。

気を取り直して立ち上がりかけたとき、ふいにレッスン室とは反対側の引き戸が開いた。石油ストーブの暖かな匂いが鼻をくすぐり、それから背の高い女の人が現れた。奇妙な感じのする人だった。男物のような暗い色のセーターと筒型の長いスカートを身につけていたが、体型というより姿勢にぎこちない固さがあるせいだろう、僕は咄嗟にオズの魔法使いのブリキの樵を思い浮かべた。けれど少しよく見れば、特徴的な長い首は滑らかに伸びて、その上にヤギに似た優しげな細長い顔がのっている。あまり艶はないぶん量の豊かな癖毛を顎のあたりで切り揃えて、蠟のように白い大きな耳を出していた。それが網枝さんだった。

網枝さんは玄関先に座りこんだ僕と目が合うと、小さく息を呑んで立ち竦んでしまった。それから僕の目がまだウサギのように真っ赤なことに気づいたのだろう、無言のまま手にした皿を差し出した。ごつごつした、格好がよいとは言えないクッキーが三枚のっている。

「道枝のおやつは他にもあるから……」

ささやくような、掠れた声だった。道枝というのは、先生のことだ。

僕はそのクッキーを見つめながら、調律師が言っていた先生のお姉さんとはこの人だな、と考えていた。ふと顔を上げると、細かな皺で囲まれた目がこちらを覗きこんでいる。

クッキーはすこし粉っぽくて生姜(しょうが)の味がした。そういえば祖父の家に来てから甘い物を食べていなかった、と僕は気づいた。

「おいしい。作ったんですか」

すると網枝さんは僕から目を逸(そ)らし、皿を持った手とは反対の手をひらひらと動かした。それは網枝さんらしい仕草のひとつで、言葉に詰まったりしたとき、網枝さんの手は罠(わな)にかかった小鳥のように見えたものだ。

「甘い物が切れると、道枝は苛々(いらいら)してしまうの」

それからはっとなって、「これからはぼっちゃんのお稽古の前に、道枝におやつを出すようにします」と言ったので、僕は思わず笑った。網枝さんの言い草もだが、大(おお)真面目(まじめ)なようすも、「ぼっちゃん」などという年寄りめいた言葉も、どれも同じくらい可笑(おか)しかったのだ。

間もなく僕は中学に入った。六年生で転校してきた身としては、皆がとりあえず同じスタート地点に並んだことで多少緊張が解けたのかもしれない。あいかわらず放課後はひとりで帰宅していたけれど、その日はふと回り道してみようという気を起こした。そして通りかかった八幡(はちまん)神社で、偶然、網枝さんに会った。

網枝さんは賽銭箱の前にしゃがみこんでいた。そばで仔猫が小さなボウルに顔をつっこんで、一心に何か食べている。長身であることを隠そうと不自然な姿勢をするせいで、かえって背の高さが強調されてしまう網枝さんだったけれど、そのときはヤギに似た優しげな顔としなやかな首の白さがまっすぐ目に飛びこんできた。近づいてみると、仔猫が食べているのは肉汁のしみたご飯だった。

「どうせ捨て猫だよ。家に連れて帰ったら」

初めて会ったとき以来なのに言葉はひとりでに滑り出て、すると網枝さんも、

「私、居候なの。猫まで連れて帰れないでしょう」

毛糸玉のような仔猫の背を見つめたまま、するりと言った。道枝先生のお姉さんなのに妙なことを言う、と思いながら、僕もしゃがんだ。

「居候って？」

網枝さんははじめて顔を上げた。柔らかそうな癖毛が一筋、そばかすの浮いた頬にかかっている。陽の光のせいか、瞳がグレーがかって見えた。

「まあぼっちゃん、居候っていうのは……ようするに……厄介者のことなんです」

瞬きしながらそう言うと、じっと考えこんでしまった。困ったな……僕は仔猫に助けをもとめたくなったけれど、食事を終えた仔猫は前肢を舐めるのに忙しそうだ。

やがて網枝さんは何か思いついたようにこちらを見て、

「そこに辞書をお持ちじゃありませんか」

遠慮がちに頬笑みながら、僕の鞄を指さした。


僕と網枝さんは毎日、神社の野良猫に食べ物を運ぶようになった。日が長くなるにつれ、帰る時間も引き延ばされる。石段に並んで腰かけて、網枝さんは少し風変わりな話をしてくれた。たいていはもう死んでしまった人のことばかりで、たとえばある日は、亡くなった父親の入れ歯についてだった。

「父の入れ歯は、口がきけるんです」

網枝さんはそれを大切に、手もとに置いていると言う。

「入れ歯が話をするの？」

「ええ、父は死んでからのほうがお喋りになったんですよ。昨夜は私の曾々おばあさんのことを教えてくれました……」

爪を短く切った指先を顎に当て、網枝さんはゆっくり話した。

「曾々おばあさんは小舟で海藻を採っていて、行方知れずになったんです。小さな子供と夫を残して溺れ死んでしまった、かわいそうに、誰もがそう思っていました。でも父が言うには、実は長い漂流の末にアメリカにたどり着いていました。曾々おばあさんはそこで八人の子供と二十一人の孫を持ったそうです。もちろん父だって、あの世に行って当の本人から聞かされるまで、そんなことは知りもしませんでした……」

たしかに網枝さんは他の人とは違っていた。僕はそれまで泣いている大人を見たことはあっても、僕の目の前で涙を流しながら話す大人がいるなんて考えてもみなかった。不思議なことに、そんなふうに無防備だったにもかかわらず、網枝さんが僕を不安にさせることはなかった。笑っても泣いても、網枝さんは網枝さんとしてそこにいた。低い、掠れがちな声とともに。

黙っているときはよく口笛を吹いていた。網枝さんの口笛の音はとても透きとおっていて、猫はそれを聞くとごろりと仰向けになったものだ。姿の見えないか細い声が、祠（ほこら）の裏の暗がりでよろよろした対旋律を歌ったこともある。僕はネズミだと言い、網枝さんはイタチだと言い張った。

僕が口笛の練習を始めると、網枝さんは熱心に教えてくれた。「もっと口をすぼめて」「唇の重なり具合で音の高さを加減するのよ」……口のかたちをよく見せようとするあまり、顔を近づけすぎていることもおかまいなしだった。唇を大袈裟（おおげさ）に突き出した網枝さんのおかしな顔に、どぎまぎしながら僕は練習した。なんとかふたり揃って同じメロディーが辿れるようになると、口笛に誘われるのか、あるいは僕の下手さを嗤っていたのか、神社を囲む木々の間からたくさんの鳥たちの鋭い声が湧きあがることがよくあった。僕と網枝さんはその度に、唇をすぼめたり尖らせたりしながら顔を見合わせる。鳥たちは日毎に厚く繁る葉のあいだから、さかんに声援をおくり（あるいは野次をとばし）、口笛が終わるとともに一斉に飛び立った。

網枝さんのいちばんのお気に入りは『幸いあれ求める人よ』というヨーロッパ中世の曲で、僕は大学に入ってから偶然行った古楽器の演奏会で、そのタイトルを知った。はじめて網枝さんの口笛で聞いた日の夜、耳に留めた素朴なメロディーを、一音一音辿りながら祖母のピアノで弾いてみた。幸いあれ求める人よ。当時、僕は一日も早く誰にも何も求めずに生きていけるようになりたかったけれど、もし曲名を知っていたらどう思っただろう。何にせよ、その曲はずっと耳から離れなくなってしまった。

長身でヤギ顔の中年女と、ほかの子よりも早く背が伸びだし、顔も体つきも何か間延びしたような十代という取り合わせは、一体どのように見えていたのか。少なくとも親子とか、猫好きの小母さんと近所の子供というふうには映らなかったらしい。八幡神社を抜けて通学する者もいたから、まず僕を知る連中が、次いで夕方の散歩に来る近隣の人々が、石段に座って足をぶらぶらさせながら口笛を吹く二人を奇異の目で見はじめた。

視線があからさまになるにつれ、網枝さんは落ち着きを失い、ある日を境に来なくなった。僕は一人で猫に餌（えさ）をやり、レッスンに行けば玄関先で靴紐を握りしめたままぐずぐずして、ときには薄く口笛を吹いてみたりもしたけれど、何の反応もない。道枝先生は網枝さんが弟子の前に出ることをひどく嫌っていたので、訊いてみることもできなかった。

だが気配はあった。玄関ホールにわずかに残った焼き菓子の匂いや、遠慮がちな物音の中に。レッスンの途中で天井がかすかに軋（きし）み、思わず弾く手を止めてしまったこともある。僕は天井を見つめ、再び音のするのを待った。ふと気づくと、道枝先生も天井を見上げていた。その横顔は僕が今まで見たことのない不安気なものだったけれど、次の瞬間、先生は何事もなかったように僕に告げた。

「フレージングに注意して、最初からもう一度」

祖父は普段、家中に溢れかえった品々を顧みることなどなかったけれど、ときおり唐突に僕を呼びつけて、整理と称してあまり意味があるとも思えない作業の手伝いをさせることがあった。今から思えば、祖父が整理をつけたかったのは胸の内の思いであり、それがある一定量を越えると僕が召集されたのだろう。ちょうどその頃、祖父はみかん箱六個ぶんの使用済みの電車の切符を押入れから出してきて（いったいそんな物をどうやって手に入れたのか）、その膨大な切符をすべて発券された駅ごとに分類する、と宣言した。もちろん僕は従うしかなかった。祖父と僕は毎日、次から次へと駅名を読み上げては何十もの靴箱に切符を放りこんでいくという仕事に明け暮れた。何のためにこんなことを、と思う一方で、僕はふと考えてしまった。こんなに多くの切符が、それぞれ違う行き先を持つ、違う人間の手に握られていたのだ。たぶんそのほとんどは知らない者どうしだったろう。頭のなかに様々な直線の入り乱れた地図のようなものが広がり、すると僕はそれまで感じたことのない寂しさに行き当たった。この切符は人間の持っている時間のようなものなのだ。それぞれの人間がそれぞれの切符を握りしめ、それぞれの線路の上をひた走りに走っていくしかない。父も、母も、祖父も。僕はそのとき、網枝さんの手のひらにおさまった僕の知らない切符のことを思った。特別な、銀河鉄道の切符か何かのように。

他人から見れば、そんな感傷は滑稽だったにちがいない。僕はまだ十三歳で、有り余るほどの時間が目の前に開けていたのだから。けれどその後、何度か同じ種類の寂しさを経験して、その度に思ったものだ。もし恋というものが、相手の持っている時間と自分の時間を重ね合わせたいと願うものなら、あのとき僕はもう恋をしていたのだ、と。

同じ頃、僕は祖母の幽霊を見るようになった。

夜とは限らず、祖母は家の中をうろうろ歩き回っていた。僕が生まれるずっと前に亡くなった祖母だけれど、仏壇の写真よりも幽霊のほうが老いていたところを見ると、人は死んでからも歳(とし)をとるらしい。

祖母は、祖父の集めたとりとめのないコレクションを眺めて小さく舌打ちしたり、僕がピアノの練習をしていると、いつのまにか部屋の隅で聴きいっていたりする。積もった埃(ほこり)を指先でぬぐいながらすーっと動きまわるので、祖母の細い指の跡がカタツムリの這(は)った跡のように家のそここに残っていた。

たまりかねて訴えると、祖父はさして驚いた様子も見せずに言うだけだった。そっとしておきなさい、と。いくら幽霊だっておまえのおばあさんなんだ、おまえに害のあることをするわけがないだろう?

どうやら祖母の幽霊は、ずっと前からいたらしい。それを僕が見るようになったのは僕のほうに原因がある、と祖父は言いたげだった。原因？　もちろんそんな自覚はなかった。あいかわらず僕は大人になったらどこか山奥で大きな犬と、缶詰の豆でも食べながら暮らしたいと思っていたし、幽霊であれ何であれ人間関係はごめんだった。でも次第に、僕は家の中をうろつく祖母に「何か探しているの？」と声をかけたりするようになった。毎日顔をあわせていれば、自然のなりゆきだ。しかし祖母は僕を徹底的に無視した。祖母はもう、新参者との関係など何も望んでいないようだったので、僕はせいぜい邪魔にならないよう気をつけて、祖母の好きにしてもらうしかなかった。

　七月に入っても梅雨は衰えず、獰猛に枝を伸ばす木々を除けば、すべてが湿気のなかでじっと蹲っていた。期末テストの終わった日、僕は網枝さんに会いに出かけた。雨はやみ、厚い雲のあいだから一筋の光が射していた。

行き当たりばったりに思いついたわけではない。その日は木曜で道枝先生は出稽古だから、家に網枝さんひとりだと知っていたのだ。勝手に引きこもってしまった網枝さんに、僕は納得いかなかった。

　夾竹桃は濃い緑の葉が艶を増し、生長する音が聞こえそうなほど勢いづいていた。

レッスン室の窓は暗く、門扉に絡まったテイカカズラの匂いが鼻について、汗がきゅうに噴き出した。

玄関の扉が薄く開き、網枝さんの白い顔がこちらを覗いたとき、僕は挨拶もせずに言った。猫がいなくなっちゃったんだ、と。飢え死にしちゃったんだよ、きっと。

「でもぼっちゃんは、餌をやりに行ってたんじゃありませんか」

網枝さんは自分の手を持て余したように動かしたが、そんなふうに言われると、僕はますます腹が立ってきた。

「行ってなんかいない」

それは半分本当で、半分嘘だった。ことが毎日となると、一人で続けていくのは億劫だったのだ。

「行ってなんかいない。当てにされても困るんだ」

網枝さんは玄関の扉を大きく開いた。麻のブラウスが光を吸い、目もとの優しげな皺や額に張りついた色の薄い後れ毛、均整のとれた大きな耳が明るく透きとおるようだった。猫なんかどうでもよかった、という気がふいにして、僕は背を向けた。

今帰っては駄目です、と網枝さんは言った。

「ひどい雨が来るから」

空を振り仰ぐと同時に、大粒の雨が落ちてきた。

「もうずっと昔のことだけれど、私のおばあさんが薬酒作りの名人で、私にも作り方を教えてくれたんです。おばあさんが薬酒を作れるようになったいきさつは、少し変わってるんですよ」

ひんやりした台所はどこか魔女の作業場のようで、棚に並んだ硝子壜(ガラスびん)が目を引いた。僕は甘い紅茶を飲みながら、激しく屋根を打つ雨音と網枝さんの掠れがちな声を懐(なつ)かしく聞いていた。網枝さんの蠟(ろう)のような肌は薄く張りつめていた。ずっと家に閉じこもっていたせいに違いない。

「おばあさんは、最初のつれあいを一緒になってすぐに亡くして、ある夜、お墓に出かけていったんです。そこで自分も死のうと考えてね……でも何かの巡り合わせで、翌日に埋葬する予定のどこの誰のものとも知れない墓穴に落ちてしまった。暗い穴の中で、おばあさんは震えながら月や星を見上げて朝を待ったそうです。薬酒を作れるようになったのはそれからだと、亡くなる前の晩に話してくれました」

網枝さんは立ち上がり、その高い背をさらに伸ばして指さしながら、「これは肝臓に効くの。これは頭痛、これはしゃっくり、これは……」と端から順に効能を並べた。

それから僕のほうに向き直ると、

「ごめんなさい、餌をやりはじめたのは私だったのに」

と、少し堅苦しい調子で言った。

「でも猫は旅にでるものなんです。あの猫は大丈夫。もう鳩(はと)だって獲(と)れるもの」

あの雨の午後は特別な光を放っていた。網枝さんはよく笑ったし、僕は僕でくだらない洒落(しゃれ)やなぞなぞを次々繰り出して、ふたりとも正月の子供のようだった。網枝さんは例の口をきくという入れ歯を見せてくれさえした。亡くなった父親の入れ歯は一瞬、僕に向かって歯を鳴らした。更紗(さらさ)模様のハンカチの上で、入れ歯は「よお」と短い挨拶でもするように剽軽(ひょうきん)な音をたてた。

それから僕たちはトランプの神経衰弱をした。すると僕はカードの在処(ありか)を憶えるのではなく、まさに当てることができたのだ。もちろんそんなことは初めてだった。何組ものカードを次々とめくっていく僕に、

「ああ私にもそんな力があったら……」

と、網枝さんは目を輝かせた。

その年の夏休みはどこにも行かなかったし、学校のプールは「水に毒物を入れる」

と何者かが電話してきたために閉鎖されていた。僕はもっぱらピアノの練習に精をだした。バッハのインヴェンションに入っていたのだから、初心者としてはがんばっていたなと思う。相変わらず道枝先生に嫌味を言われたり背中を小突かれたりしながら、それでも「なにくそ」と鍵盤に齧りついていった。

木曜の午後はたいてい網枝さんを訪ねた。北窓を開けた涼しい台所で、出来たばかりの生姜味のクッキーやチョコレートケーキを味見したり（本来それは道枝先生の癇癪をなだめるためのお菓子なのだから、あくまで味見だ）、とりとめのないお喋り（『レ・ミゼラブル』と『モンテ・クリスト伯』ではどちらがおもしろいか、ドバイというのは国の名か都市の名か……）をして過ごすのだ。あまり長居はできなかった。道枝先生が帰ってくるのを、網枝さんは心配していたから。

「どうしてそんなに道枝先生に遠慮するの、自分の家なのに」

一度、そう訊いてみたことがある。すると網枝さんはいつものように指先を顎に当て、

「私はずっとここにいなかったんです。その間に父も母も死んでしまって、道枝はとても苦労したの」

ゆっくり、だが澱みなく答えた。

「ここじゃなくてどこにいたの」

見つめ合っていながら、何かが遠のいた気がした。だがそれは一瞬で、網枝さんはすぐに「天国みたいなところ」と頬笑んだ。

僕がそれを子供騙しだと感じていることに気づいたのか、網枝さんはもう一度言った。

「ほんとうに天国みたいなところにいたんです」

トランプをしようとは、二度と言い出さなかった。ふたりともあの奇跡のような出来事を、大切にしたかったのだと思う。

だが僕は「ああ私にもそんな力があったら……」と、網枝さんがため息をつくように言ったのを忘れなかった。網枝さんには何か願い事があるのだ。そして僕はあのトランプの日から、この世の様々な不思議に対して前ほど懐疑的ではなくなっていたし、自分にできることがあるなら突き詰めたい、という欲求も急速に芽生えていた。そこでひそかに賭をした。たぶん神様と呼ばれるようなものを相手に、僕が勝てば網枝さんの願いを成就させるという条件を一方的に突きつけたのだ。

実際には、たわいのない、馬鹿げたことを自分に課したのである。洗面器の水に顔をつけて百数える、コインを投げて裏表を十回続けて当てる、道路の細い白線の上を一瞬たりとも逸れずに自転車で走り抜ける、目隠しをして本に触れ、指先で内容を読みとる……簡単すぎては意味がないし、難しすぎればそこですべてが終ってしまう。大切なのは不可能と可能のバランスだった。

そうやって毎日の生活に様々な課題が儀式のように組みこまれ、歯車となって動きだすと、あらゆることががらりと姿を変えた。お天気や朝顔の花の開花数、郵便配達の来る時間、偶然開いた本のページ、踏切を通過する電車の音の聞こえ方。小さな、それ自体は取るに足らないことが、僕のなかに生き生きと流れこんできて互いに繋がりを持ちはじめる。無意味なものは何ひとつなかった。僕はこの宇宙を充たしている、ありとあらゆるものに思いを巡らした。宇宙の中心にいるのは、もちろん網枝さんだった。

祖父は僕の変調を見てとったのか、ある日ふと言った。

「元気がいいのは結構だが、無理はするなよ」

無理をするのはおじいちゃん似だよ、と僕は口答えした。

「だからいかんと言っとる」

祖父は渋い顔をして首を振った。

僕はもう、以前のように祖父を悲観的にばかりは見ていなかった。祖母の幽霊にしても、どうやら恨みがあって出てきているわけではないらしい。ちょうどその頃、祖父が古切手を整理していたときのことだ。祖母はようやく整理し終えた切手蒐集帳から切手を一枚一枚取り出しては、ぺろりと舐めて自分の頬やおでこに貼り付けていた。ちょっと退屈しのぎ、といった様子で。

網枝さんは例によって風変わりな話もしてくれたが、なかでも忘れられないのは蛇の話だ。

「何が嫌いかって蛇がいちばん嫌いだよ」

その日の朝、木の枝にからみついた巨大なアオダイショウを見ていた僕の、それは何気ないひとことだった。

「どうして嫌ってしまうのでしょうね」

網枝さんは呟くと、しばらく黙りこんでしまった。

「ずっと昔、蛇は今のような姿ではありませんでした」

話はそんなふうに始まった。

「蛇には手も足もありました。美しい長いたてがみもありましたし、しなやかな尻尾も持っていました。巻き貝のような耳、黒く濡れた瞳、太陽を浴びると輝く金色の毛皮も、薔薇のつぼみのような白い乳房も持っていました。指先にはつややかで鋭い爪を持っていました。少しは人間に似ていたかも知れませんが、群青色の翼も持っていました。蛇はいろいろな生き物の美しいところをたくさん持っていたのです。なぜって、神様がこの世の生き物を作るとき、蛇は神様に頼んだのです。できるだけたくさんのものをくださいって。何と言ってもこれから世界が始まるというおめでたいときですから、神様は気前よく蛇のいうことをきいてやりました。でも蛇は欲しいものをぜんぶもらったはずなのに、それほど幸せだとは思いませんでした」

どうして？　僕だったらうれしいけどな。僕が言葉を挟むと、網枝さんは紅茶をひとくち飲んだ。

「たぶんあまりたくさんのものを持っていると、わからなくなってしまうんでしょうね」

「何がわからなくなるの？」

「自分が蛇だってことがです」

ふうん、と僕は首を傾げた。

「ある日、蛇はひとりの猟師に会いました。蛇はその猟師が好きになり、猟師が貧しいことを知ると、自分のたてがみを切り落として贈りました。猟師はとても喜びました。でもしばらくするとたてがみを売ったお金はなくなって、また猟師はお腹を空かすようになりました。蛇は今度は、自分の尻尾を切り落として与えました。尻尾は素晴らしい毛皮で覆われていましたから、仕立屋が高値で買っていきました。そうやって蛇は貝のような耳も、翼も、手足も乳房も切り落とし、猟師に与えていったのです。

とうとう今のような姿になると、蛇は手足のなくなった体で地を這いながら、猟師のあとを追うしかなくなりました。瞬く間に、猟師だけでなくあらゆる生き物が、蛇を嫌うようになりました」

網枝さんは唇を少しすぼめて、何か考えているようだった。僕は黙ったまま、網枝さんが続きを話してくれるのを待った。

「神様はお怒りになりました。そこで『おまえはどうして、せっかく私が与えたものを失くしてしまったのか』と厳しい声でお訊ねになりました。すると蛇は言いました。『神様、私はあの人に会って、この世に生まれた喜びを知りました。私は神様からお預かりしていた体のおかげで、魂を得ることができたのです。でもどうしてあの人はこの命まで求めてくれなかったのでしょう。私はそれが悲しくてなりません』

それを聞いた神様は……どうされたと思いますか」

わからないよ、と僕は言うしかなかった。

「ぼっちゃんは、蛇の抜け殻を見たことがありますか」

「うん……脱皮する二、三週間前にはからだが黒ずんで、弱ってくる。それから目が白く濁る。ほとんど見えなくなっちゃうんだ」

網枝さんは「そうでしたか。目が見えなくなるんですか」と、少しぼんやりしたようすで頷いた。

「神様は蛇にこれ以上、命まで投げ出すような愚かなことをさせまいと、猟師を忘れてしまうようお計らいになりました。そして改めて、命をまっとうするのが生き物の掟であるときつく言い渡されました。

蛇は猟師のことを忘れました。悲しみは消えました。でもあるとき……風のない気持ちのいい日のこと、お日様にあたりながらうつらうつらしていた蛇は、ふと、誰かに何かを与えたい、と思うのです。けれど誰も自分を求めてなどいないし、与えるものとてありません。蛇は虚しさに身悶えしました。何度も何度も身をくねらせているうちに、体を覆っていた皮がすっかり剝がれてしまいました。

蛇が抜け殻を残すようになったのは、それからです。たとえば小さな子供が遊んでいて、草叢に蛇の抜け殻を見つけるとするでしょう。子供がそれを持ち去ると、蛇は昔の恋を忘れたまま、ただささやかな捧げものをしたことを喜んでいるんですよ」

台所の窓から乾いた風が入ってきて、それは八月の中旬だというのにかすかに秋の匂いがした。僕は大きく息を吐き、やっぱり蛇なんか嫌いだ、と思った。


道枝先生が帰ってきたのは、それからすぐだった。先生はテーブルの上の紅茶やお菓子に目を走らせると、

「ごめんなさい、藪内くん。今日は帰って頂戴」

努めて冷静に言ったのだが、当惑しているのは明らかだったし、網枝さんのうろたえぶりもひどかった。紅茶のカップを慌てて流しに持っていこうとして、熱い紅茶が手にかかったものだから取り落としてしまった。陶器のかけらを拾う僕に、道枝先生は言った。

「姉は病気なの。そっとしておいてあげて」

僕は道枝先生を振り仰いだままぼうっとしていたのだが、そのとき網枝さんは震えながら抗議したのだった。私は病気なんかじゃないわ、と。

「ねえさんは病気なのよ」

道枝先生は穏やかに繰り返した。

「いいえ……いいえ違うの、私、食事の支度だってあなたの身の回りのことだって、何だってしてる。もう病気なんかじゃないのよ、お願い……」

網枝さんの声はしわがれて、今にも消えてしまいそうだった。道枝先生は大きな目をしっかり閉じてしまった。まるで、そうすれば耳も塞げるとでもいうように。

「ねえさんは病気よ。だから私が迎えに行ってあげたんじゃない」

再び目を開けたとき、その黒目があんまりきらきらしていたので、道枝先生は凄くきれいだった。

「勝手に出ていって、全部私に押しつけて、でも迎えに行ってあげたんじゃない。だってねえさんは病気だもの、仕方ないでしょう……？」

今日で五百十二日、網枝さんはそう呟いた。道枝先生には何の事だかわからないようだった。

「数えているの。ここに来てから五百十二日も経ってしまった。私……こんな遠くにいるわけにはいかないのよ」

すると道枝先生は網枝さんの肩を抱き、あやすように言った。

「……まだ待っているの？　いくら待っても、もう帰ってこないのに」

僕はいったん家に戻り、すぐさま自転車に乗って飛び出した。そして川沿いの自転車道路に出ると、川を遡(さかのぼ)って行けるところまで行こうと決めた。

日はすでに傾いていた。昼間の暑さはやや遠のき、川岸の桜の葉陰で蟬(せみ)が盛んに鳴いている。対岸の自動車教習所で教習車が一台、水底を進むようにゆっくりカーブを曲がりきった。川風に丈の高い草が揺れ、水中には黒い大きな魚たちの影があった。やみくもにペダルを漕(こ)いでいたけれど、それらの情景は今も目の底に焼きついている。日が傾きを増し、川幅は狭くなり、水は金色に輝いた。このままずっと、風を切る音で体中をいっぱいにしていたかった。

なのに突然、道は終わってしまったのだ。アスファルトの途切れた先に草ぼうぼうの空き地が広がり、空き地の先はずらりと並んだ新築の建売住宅に閉ざされていた。帰るしかないのか……僕は来た道を振り返り、橋を見つけた。

その橋は人がすれ違うのがやっとの幅で、長さは十メートルくらいあった。川面(かわも)からの距離があるせいか、それとも橋の幅がないせいか、欄干がふつうの橋より高く感じられる。どことなくアンバランスなその橋を見ているうちに、僕はなぜ自分がここまで来たのか悟った。「神様相手の賭」をする最後のときがきたのだ、と。

誰も来ないのを確かめて、欄干に上った。目眩(めまい)がするほどの高さだった。日はほとんど沈み、水色のペンキで塗装された橋は灰色にくすんでいる。その遥か下、護岸のコンクリートは硬く白色を浮き上がらせ、川の水は暗く濁って深さも知れない。渡りきってやる……僕は慎重に踏み出した。

僕はもう二度と、トランプの札を当てることはできないだろう。なぜそう思ったのか、自分でもわからなかった。わかったのは網枝さんが誰かを待っているということだけだった。それは自分にはとうてい手の届かない現実だが、その現実を知った今、網枝さんの願いを叶えるとしたらこれが最後の機会なのだという奇妙なまでの確信があった。

一歩、一歩、慎重に進んでいった。三分の二ほど来たときだろうか、背後でふいにカラスが鳴いて、体中の血液が煮え立った。手が空を掻き、頭の中で声が響く。「橋の内側に落ちろ」と。でも僕はそうできなかった。したくなかったのだ。

救急車を呼んでくれたのは、橋の下の廃材を寄せ集めた住処の主だったらしい。でもそれは後になって聞いたことだ。意識を取り戻したのは搬送される途中で、僕はそれから一週間入院した。その間うんざりするほどの検査と、医者からのしつこい質問責めにあった。

「どうしてあんなところから落ちたりしたの？　誰かに落とされたんじゃないの？」

しかしいちばん厄介だったのは母だ。その日のうちに東京から駆けつけてきた母は、僕が自殺を企てたと信じ切っていて、泣き通しに泣いた。

「そうじゃないよ、高飛び込みをやりたかったんだ。でもわりと水が浅くってさ……」

祖父は、僕がおかしなことばかりしているのを承知していたからだろう、まず「気は済んだか」と訊いた。頷くと、「やれやれ寿命が縮んだよ」と、目脂（めやに）のついた瞼（まぶた）をこすったのだが、それからひとりごとのように呟いた。「しかしまあ、何事もない時が長すぎた……ということかもしれん」

今もふとした拍子に、あのときのことを考える。もし橋の欄干を渡りきっていたら？　あるいは橋の内側に落ちていたら？　いや、そもそもあんな馬鹿（ばか）げたことなどしなかったら？　きっとすべてが違っていただろう。どう違っていたかとか、どれがいいとか悪いとかはわからない。僕は網枝さんが今どうしているのかも知らないのだ。にもかかわらず、あのささやかな分岐点を振り返るたびに、不思議な手応（てごた）えを感じる。僕は転轍機（てんてつき）を動かしたのではないだろうか。一瞬ごとに、網の目のように、たいていは選びようもないうちに枝分かれしていく運命を、ほんの少し変えたのではないだろうか。

祖父が家の中を整理する、と言い出したのは、退院して間もなくのことだった。夏休みの最後の日々を、僕は祖父とともに懸命に働いた。埃と紙魚のなすがままに放置されていた骨董や、軍服や、絵や玩具、剝製、その他素性も知れない品々の密林に分け入り、分類し、様々なコレクターの団体を調べ上げると、それぞれに手紙を書いた。図書館に出かけて資料を読みふけり、連日のようにやってくる美術商や骨董屋と交渉した。所詮は素人の老人と子供であるにせよ、手放すならできるだけ丁寧に送り出したかったのだ。祖父は「どれも儂の半生を支えてくれた物だ、一山いくらというような売り方はせん」と言い切ったし、祖母の幽霊もそれに異存はないようだった。骨董商のはじき出した値段に祖父が頷く寸前、祖母がふいに現れて、不当に安く見積もられた掛け軸をひらりと広げてみせたりする。祖母の姿は僕と祖父以外には見えないのだから、相手は驚いて値を上げるのだった。

ある夜更け、ふと目覚めたときのことだ。煌々と差しこむ月の光のせいで廊下は奇妙に縮まって見え、耳を聾する虫の声のなか、祖父の呟くような声が聞こえた。祖父は自分のすぐ後ろに祖母の幽霊がいるのに、なぜか祖母には背を向けて仏壇に話しかけていた。

「……儂の物集めをあれほど嫌がっていたからには、すっかり片づいてしまったらおまえの気が済むのはわかっとる。わかっとるが……そうしたらやはり成仏するというのが筋なのだろうな……」

祖母は祖父の背中に魚のような半透明の手を置いた。そして僕は初めて祖母の声を聞いたのだった。「あなたほどの分からず屋は、あの世じゅう探してもおりますまい」と。

「憶えておいでですか……蠅叩きで蠅を叩くわたしをじっとご覧になって、それからなんと仰ったか」

ひゅうっと冷たい風が走り、仏壇の蠟燭の炎が瞬いた。

「蠅でなく儂を叩きたいと思っているのだろう、儂はあいつのようにおまえの思うようにはならん男だから……そう仰ったのでございます。以来わたしは蠅ひとつ好きに叩けぬまま、冥土行きと相成りました。無念でございます……ここへ参ります際に、もとの夫は死んだものと覚悟を決めました。女房を売り渡すような男に未練はありませぬ……」

曲がった背中をさらに丸めて、祖母はえんえん、と小さい子のように泣き出してしまった。

「どうしておわかりになりませんか……これくらいではまだ成仏などできませせぬ。いやだと仰っても取り付いて離れませぬ……」

祖父は、ウンウンと頷いていた。

最終的に、祖父は収集品を売ったお金を元手に、長寿ならぬ超寿を唱える酵素飲料を開発して今の会社を興した。だがそれは僕が再婚した母と一緒に暮らすようになってからのことで、まだ少し先の話だ。

十月初旬のある日、網枝さんとあの橋に行った。

待ち合わせの場所に網枝さんは既に来ていて、死んだ父親の物だという深緑色の自転車にまたがり、光る川面に目を細めていた。僕は網枝さんのスラックス姿を初めて見て、網枝さんがすらりとした脚をしていることにはっとしたものだ。

秋晴れの空の下、二台の自転車は川沿いの道を走った。僕がひとりでがむしゃらにペダルを漕いだ日のように、川風に草がそよいでいた。けれどその音は、乾いた穏やかなものだった。

「あの橋だよ」

空き地で自転車のスタンドを立て、僕は振りかえった。「あそこから落ちたんだ」

網枝さんは橋の真ん中まで歩いていくと、このところ雨が降らないせいで、はっきり水が少ないとわかる川を見下ろした。

「ずいぶん高いわ……」

網枝さんにも道枝先生にも、僕は「友達とふざけただけ」としか言わなかった。網枝さんが何か気づいていたとは思えない。でも橋に行ってみようと言い出したのは、網枝さんだった。

細く澄んだ口笛に、僕は耳を澄ましていた。浅い水の中から小さな魚が躍り上がった。遠く、近く、一匹、二匹……三匹、と。魚たちがすっかり鎮(しず)まるのを見届けようというのか、網枝さんは口笛を終えても水面に視線をあずけていた。

「あの日の夜……ぼっちゃんがここから落ちた日の夜のことですが、考えたんです。やはり私の住むところは、あの町しかないって。ねえどうしてでしょう、ずっとあそこに帰ることを願っていたのに、私は自分から動くことができなかった。それが、きゅうに目が覚めたようになったんです。道枝の言うように私、ほんとうに病気だったのかも知れない」

「そこで……誰かを待つの?」

網枝さんは振り向き、少しのあいだ僕を見つめた。それから、いいえ、と頬笑んだ。

明日になれば、網枝さんはあの家を出ていく。数日前にそれを聞かされたとき、僕は暗いトンネルに網枝さんが吸いこまれていくのを見るような、ひどく悲しい気持ちになった。でも今、網枝さんは決して自分を手放してしまっているようにも、何か得体の知れない流れに巻きこまれているようにも見えなかった。ささやくような声で風変わりな話を次から次へとしてくれた、それと同じたしかさで、網枝さんはそこにいた。

「元気で」

「ええ、ぼっちゃんも」

そして僕たちは、自転車を漕いで帰った。

最近ある若手ピアニストを特集したテレビ番組で、道枝先生の姿を見た。かつての師匠として短いコメントを述べただけだが、見覚えのある古びた革張りのソファにゆったり座る姿は昔と変わらず、自らを情熱に捧(ささ)げた人そのものだった。今も弟子たちを震えあがらせているに違いない。

網枝さんのその後のことは、わからない。少なくとも僕が祖父のところにいる間は、一度も帰ってこなかった。東京に戻ってから、「こんど祖父を訪ねたら外から見るだけでもいい、あの夾竹桃の家に行ってみよう」と何度思ったか知れないけれど、いつも最後の瞬間になって大雨が降り出すとか、祖父にちょっとした用を頼まれるとかで、先送りになってしまう。その度に、僕は少しほっとしていた。この先も行かないだろうと思うようになって久しいが、訪ねてみたい気持ちは以前と変わらない。が、やはり行かないのだろう。

網枝さんと橋に行った日のことは、もう少し続きがある。僕は家に帰ると、祖父に磁器のボウルをねだった。それは幽霊の祖母が「値打ちあり」と見なした骨董のなかでも、特別大きく特別上等なものだった。祖父は一瞬考えてから、芝居がかった口調で「我が同志の所望とあらば」と言ってくれた。

重い磁器を何重にもくるみ、苦心したおかげでくしゃくしゃになってしまった包装紙の上に、僕は「網枝さんへ」とだけマジックペンで書いた。それから網枝さんの家に行き、玄関の呼び鈴を鳴らした。スリッパを引きずるかすかな音が近づいてくる。扉が開くのを待たずに、その餞別(せんべつ)を置いて駆け出した。

どこまでも走れる気がした。回転する車輪のように地面を蹴(け)って、いつまでも。なのに足はだんだん重くなり、やがてもう一歩も踏み出せなくなってしまう。膝頭(ひざがしら)に両手を置き、喘(あえ)ぎながらふと顔を上げると、空は燃えるような夕日に染まっていた。そのとき僕は口笛を吹きたかった。『幸いあれ求める人よ』の口笛を、願いをこめて。

だが心臓の鼓動はあまりに激しくて、僕はただ、空に向かって乾いた唇を突き出すばかりだった。

夜の木の下で

鈍行しか停まらない私鉄の駅から歩いて二十分強、築十五年の木造アパート、二階の角部屋。しばらく窓を開けていたら、部屋は木々や草花の芳香にすっかり浸された。ここを借りようと決めたのも、こんな梅雨のはざまだったのかもしれない。俊は植物の濃い気配がとても好きだから。可憐な金木犀や沈丁花、風に運ばれてくるそれら季節の先触れにまず気づくのも、いつも姉の私でなく俊だった。

窓際に、古道具屋で買ってきたみたいな木の机。あまりかわいくない栗鼠のぬいぐるみとミニカーが仲良く並んでいる。プライウッドが滑らかなカーブを描く紺色の椅子はまだ新しくて、これには奮発したはずだ。クローゼットや引き出しは緩やかに整理されていて、その緩やかな加減が子供の頃と変わらない。

探しているもの。探しても見つかりっこないもの。俊のような健康な若い男が、わざわざ用意しているとは思えない。メディカルソーシャルワーカーに告げられただけのことだ。「弟さんの臓器提供の意思を示す何かがあれば」と。免許証の裏のそのための欄もまっさらだけれど、運転はしないし、ろくに見もしなかったのだろう。思い出されるのは、もし自分たちが万一のときにはどうしたいか語りあった夜のこと。あれは父親が急死したあとで、話そのものは流れではじまったけれど、俊も私も何かに流されてはいなかった。だからほんとうにそのときがきたら、唯一の肉親である私が本人の意思を伝えればいい。

なのに何時間もぐるぐると、何を探しているのか抜け落ちかけて、まだ探している。病院に行きたくない。行っても何もしてやれない。今にも急変という非常事態も、ひと月たてば疲れが露わになってくる。かすかな自発呼吸が戻って嬉し泣きしたのが、遠い昔のことみたいな気がする。今、弟はあいかわらず人工呼吸器の力を借りながら、ひっそり眠り続けている。

それは午前一時で、雨の降りはじめで、俊はお酒を飲んでいて、自転車に乗っていた。左折しようとするタクシーと自転車が接触し、転倒した俊は頭を強く打った。タクシーの運転手は救急車を呼び、警察官に「ほとんど停まりそうなスピードで曲がろうとしたら、無灯火の自転車がひゅっと飛び出してきた」と語った。ほんとうに無灯火だったのか、ほんとうにひゅっと飛び出してきたのか、それはタクシーの運転手にしかわからない。俊は直後から意識を失っていたし、目撃者はなく、自転車のライトは倒れた拍子に壊れていた。

残業後、会社の隣のコンビニで缶酎ハイを買ったのだそうだ。やはり残業していた同僚が帰り際、コンビニのレジの列に並ぶ俊を見かけた。「声をかけようかと思ったんですが……」と、その人は病院の廊下で肩を落とした。見舞客を私がなぐさめるかっこうで帰した後、ひっかかるものがあった。缶酎ハイ？　仕事用のトートバッグにそんなものは入っていなかった。だいいち家で飲むつもりなら電車を降りてから買っただろうし、どこで飲んだのだろう？　駅のホーム？　駅まで歩きながら？　そんなはずはない、俊はそういうのがすごく苦手なのだ。まだほんの小さい頃から、ソフトクリームでもお祭りの水あめでも、溶けようが垂れようがちゃんと腰を下ろさずには口をつけようとしなかった。なのに缶酎ハイを立ち飲みだなんて。あり得ない。どこか落ち着ける場所が、くつろげる場所があったはずだ。コンビニで買った飲み物を心置きなく愉しめる場所が……

　そのことをつねに頭のすみで考えていた。しがみついていた、ともいえる。最初は俊の入院している救命救急センターの家族用のベッドで。それから少し経つと自分の部屋の、もうずっと前から買い換えたいと思いながらそのままになっているマットレスの上で。それからもう少し経つと、仕事場である消化器外科の詰所で。

　きのう、俊の会社に経過を話しに行き、快復したら仕事に復帰できるようお願いしてきた。上司はやや困惑ぎみだったけれど、私にできることといったら、もうそれくらいしかなかった。そして帰りしな、謎が解けたのだ。会社を出て駅に向かう道沿い、マンションと歩道のあいだの小さな公園。ブランコひとつない、公園とは名ばかりの半端な土地だけれど、大きな木が枝を電線に触れないようあちこち切り詰められて立っている。木の下にぽつんと置かれたベンチを見て、あ、と思った。

ベンチに座ると目線が変わった。葉が密な木のおかげでネオンサインのどぎつい光は隠れ、歩道を歩く人とのあいだに意外な距離感がうまれる。いろいろな人が通りすぎ、そのみんなにそれぞれ行き先があるのを、不思議とのんきな心持ちで羨んだりしながら幾人か見送った。窓から外のようすを眺めているようなのどかさで、大きな木が梁であり屋根だった。足もとにはところどころ擦りきれた苔の絨毯。目をこらすと苔にもいろいろな種類があり、生い茂るジャングルを俯瞰してるみたいだ。鳥の目線、という言葉が心にふと浮かぶ。それから、からだの芯を絞られたような冷や汗が噴き出た。背中を起こし、ゆっくり息を吐く。吐ききってしまう。上のほうで木の葉が音をたてた。風は感じなかった。瞬きしながら見上げると、俊はここで缶酎ハイを片手にひと休みしたのだろうという確信がやってきた。

事故に遭った時間から逆算すると、雨はまだ降りだしていなかったはずだ。暑くも寒くもなく、わずかに雨の匂いのする夜の空気は、疲れをほぐすのにちょうどよかったにちがいない。まっすぐ帰っていたら事故に遭わずにすんだのに……でも仕事で張り詰めた神経を、一刻も早くアルコールで緩めたいという気分なら私にだってわかる。わかりすぎるくらいだ。

それでも、うまく理解できない。夜の公園のベンチでひとり缶酎ハイを飲む二十八歳の男。それが俊だということが。ねえ、いちばん好きなのはファンタじゃなかったの？　ファンタ買ってあげるよっていえば、喜んでどこでもついてきたのに。あそこから飛びこんだらファンタ買ってあげるって言ったら、まだやっと泳げるようになったばかりなのにいきなり飛びこみ台からジャンプして、みんなをびっくりさせたのに。

もちろんそんなのは昔むかしのことだ。弟の酒量があるときからきゅうに上がったのもわかっていた。けれど私はいつだって、啜るようにファンタを飲んでいる小学生の姿を、そのときそのときの俊の姿に重ねて見ていた気がする。

私たちは姉弟ふたりきりで、かろうじて身内といえる人間といえば、遠くに住む叔母がひとり。その叔母にももう十年近く会っていない。私の看護学校の最後の年に、殺しても死にそうになかった父が重症急性膵炎で他界し、その二カ月後、今度は長年精神科に入院していた母が肺癌で亡くなった。息の合わなかった両親が、このときばかりは互いの息の根を息を合わせて止め、あとにはひとつの悪循環が終わったという感慨だけが残った。父はもともとあまり家にいなかったし、私が中学三年のときから母が入退院を繰り返すようになると、私たちはふたりでなんとかやっていくしかなかった。私が食事のしたくをし、俊の宿題を見てやり、早く風呂に入れと言い、洗濯物はふたりで干した。俊は学校の帰りに牛乳と納豆とバナナを買って帰り、返ってきたテストを私に見せ、その日あったことをおもしろおかしく話してくれた。

子供の頃から俊はがまん強かった。帰ってこない父親や、自分のことだけで頭がいっぱいな母親を、けっして悪く言ったりしなかった。私がそういうことをすると、ただそっと視線を逸らした。

でも一度だけ、母の通夜の夜更けのこと、ふたりとも疲れきって少しお酒を飲んでいて、どういう話をしていたのか思い出せないけれど、ふいに「啓ちゃんは、似ないでよかった」と呟いたことがある。(私の名・啓美はヒロミと読むが、身近な人間にはケイとかケイちゃんと呼ばれる。弟・俊彦をシュンと呼ぶのは、両親の死後は私だけになってしまった。)

「橋の下で拾われたからね」

そういう話はしたくなかった。俊は私の言葉をしばらく吟味しているようだったが、少し頰笑むとコップの底に残った日本酒を飲みほした。

傾きかけた日が射しこんで、ベッドカバーのきれいな青が鮮やかだ。きっと食費を節約してでも買ったのだろう。俊らしいな、と思う。私は自分のためにこんないいベッドカバーを買ったことはない。例外といえなくもないのは二年か三年前、付き合っている人がいたとき新調したもので、買ってすぐ、生地の上質さが雄弁すぎるというだけでない、いやな予感みたいなものがした。案の定、その人とは別れたけれど、ベッドカバーは今も捨てきれずに使っている。

窓を閉め、来しなにコンビニで買ってきた缶酎ハイを冷蔵庫から出してきて、初夏の海原のようなベッドの上で呷った。予想を遥かに超える度の強さと甘ったるさに、うへっとなる。俊があの夜に飲んだのも、似たようなものだったんだろうか。しかしこんな小学生の味覚でも嗜めるアルコール飲料ってモラルに欠けるんじゃないか……方向の定まらない怒りがじわじわせり上がってくるなかで、二本目を開ける。三本目の途中から、頭のなかで何かが焦点を結びはじめる。

そう、あの日だ。去年の夏、夜勤明けの眩しい真昼の道。ブレーキとアクセルを踏み間違えた赤いシトロエンが、歩道に突っこむのを目の当たりにした。住宅街と商業地域の境目にある緩いカーブで、幸い誰もいなかったけれど、もし私が十メートル先を歩いていたら命を落としたかもしれない。運転していたのは初老の男性で、呼びかけるとはっきりした声で返事した。警察と救急に連絡し、状況を説明し、ようやく家に帰って倒れこむように眠ったものの、夕方目が覚めたときには胸がどきどきしていた。夜、俊と半年ぶりに食事する約束があった。よけいな心配をさせたくなかったから昼間のことは黙っていたけれど、話して警告しておくべきだったのではないか……つまり、私は命拾いしたけど今度は俊に回ってくるかもしれないってことを。もちろん、非合理きわまる。姉をやり損なった死神が、次に弟を狙うなんて。こういう考え方は、少なくとも父と母が夫婦揃って滅びる前はしなかった。

でも、もし運命を衣服のように着たり脱いだりできるなら、いま私がたまたま生き延びているこの幸運とも悪運ともいえるものを、病院で眠っている俊に着せかけてやりたい。そうしたら俊はもとどおりこの部屋に棲み、ここのガスコンロで調理し、シャワーで体を洗い、このベッドで眠る。もちろん会社にも行く。ちょっと長めの休み明けみたいな何食わぬ顔で出勤して、山川俊彦の天職ともいえる文具の企画開発を続ける。手の力の弱い人にも使いやすいホチキスとか、鉛筆削りの内蔵された鉛筆キャップとか。もちろんすべてをちゃんとこなせる。誰も、山川君どこか少し変わったんじゃないか？　なんてことは思いもしない。仕事が終わればこの部屋に帰ってきて、掃除をしたり、オールマン・ブラザーズを聴きながら食事のしたくをする。ある日、ノックの音がする。ドアを開けると彼女が立っている。青いTシャツを着た、考えこむと鼻をつまむ癖のある(と、俊は手帳に書いている)。こんにちは。こんにちは。よく来たね、まあコーヒーでも淹れるからあがってよ……

あのとき、あのシトロエンに私が轢き殺されていたら、何かが間違いなく変わっただろう。少しずつ、確実に、ドミノ倒しのように現実がずれて、俊は恋人と別れなかったかもしれない。事故に遭うこともなかったかもしれない。

ベッドカバーに顔を埋め、嗚咽を押し殺した。時間を巻き戻したい。せめて最後に会ったときに。あるいは今このときからでもいい。私たちの運命を入れ替えられるなら、何だってする。


最後に会ったときって、あの焼き肉屋でしょ? もうあそこには行きたくないなあ、あのながーい腸みたいなのをはさみで切って食べるやつ、味がどうこういう前に見た目でだめだった。そういうのおもしろがって連れてったんだよね、「ひさしぶりに肉食いたい」って言ったのはこっちだけど。俺が鼻血見ただけでふら~ってなるの忘れるわけないのに、消化器外科の看護主任、趣味悪すぎ。

ああそのベッドカバー、きれいなアパタイトブルーが啓ちゃんの涙と鼻水でだいなしだ。まあいいか、俺はまた使えるかどうかもわかんないんだし。泣き疲れて寝ちゃったね……このところ俺のせいでずいぶん疲れさせてしまった。すみません。それからあのタクシーの運転手さんは、ほんとに悪くないから。俺が酔って調子にのってただけ。

俺は今、あいだのとこにいる。あいだのとこ、としか言いようがないんだが、ここにずっと留まるわけにはいかないってのは、なんとなくわかる。啓ちゃんのことはもちろん見えてるけど、暗いなかで小さな穴からのぞいてるような……穴はときどき横滑りして予想外のものを見せるから、こうして話しかけていても脈絡がなくなってしまうんじゃないかと心配だ。気を緩めると、すぐ集中できなくなる。喋（しゃべ）り方さえ忘れてしまいそうになる。もしかしたら言葉はもうばらばらになって、音のかたまりになってうねりながら流れていってるのかもしれないね。前に啓ちゃんが話してくれただろう？　人間の脳は話したい事柄をまず音のかたまりでイメージして、それからひとつひとつの音を――たとえば「ことば」が「こばと」になってしまわないように――順序立てて組み立てるんだって。そういうことが今の俺にまだできてるのか、あまり自信がない。でも啓ちゃんならきっと、俺が放ったものをもう一度組み立て直してくれるだろう。ことばは、こばとになって飛んでゆき、またことばになる。

生温かい泥のなかを、なかば流されながら泳いでいたのは、いったいどれほどの間だったのか。ぽんと目の前が開けて、そしたら啓ちゃんが会社の近くのベンチに座ってた。あのときからなんだ、こういうふうに啓ちゃんのそばにいられるようになったのは。ばれたか、ここで缶酎ハイ飲んだってよくわかったな、というのが最初に思ったこと。啓ちゃんはクスノキも知らないのか、というのが次に思ったこと。

間違いない、あの場所が公園として囲いこまれるよりずっとずっと昔から、クスノキはそこにあった。洞（うろ）のある幹に指先で触れ、関節炎の年寄りみたい、そう啓ちゃんは思っただろう。いや俺もそうだったから。

だけど事故に遭ったあの晩、老いた木は花を咲かせてたんだ。クスノキは夜に強く香る。いつだったか一緒に夕飯を食ったあと、地下鉄の駅までの道であの花の匂いがして、啓ちゃんはケモノくさい、と、ちょっと顔をしかめたね。俺はといえば、あの生命力旺盛（おうせい）な匂いが嫌いじゃない。事故の夜も、すぐそこまできている夏の気配を存分に嗅（か）ぎ、愉しんだ。そして誰にも気兼ねせずに、少しばかり飲んだ。うるさい居酒屋や常連ばかりのバーより、よほどいいんだ。家で飲むのは去年の夏からやめていた。

とめどがなくなってしまうから。戻ってこられなくなりそうだったから。

猫が集まったなあ、あの日はとくに。よく酒と一緒に猫缶を買って野良にやってたんだ。二カ月姿を見せなかった、片目の茶トラが久々にやってきたのがうれしかったよ。「どこ行ってたんだよ！」って思わず声をかけると、茶トラはのそのそ近づいてきて俺を見上げ、めずらしいことにそのひとつしかない目をじっと逸らしもしない。おや？　とは思ったけど、まさかその一時間後に、今度は自分がこんな遠出をすることになるとはね。

茶トラがどこへ行ってたのかはわかりようもないけれど、今の自分はちょっと動物に近くなってる。たぶん。いろんな気配を感じるんだ。たとえばその部屋に前住んでた人のこと。その人はいま海にいる。船に乗ってるのか海沿いに住んでるのか、潮の香りに包まれて穏やかな気持ちでいる。幸福といっていい。その部屋で過ごした長い年月の記憶は薄れ、なかば溶けかけている……でもこんな、啓ちゃんも俺も会ったこともない人の話なんかこの際どうでもいいか。今はこのバランスを保ってるだけで精一杯の俺には、茶トラみたいに帰れるかどうかもわからないんだし。

そう、あの晩の話をしてるんだった、集中しなくちゃいけない。俺は茶トラを相手に飲み、気分よく酔った。ちゃんと自分の人生を生きてるんだってしみじみ思えて、そういうときはいろんな出来事を静かに振り返ることができる。いいことも悪いことも、ふだんは思い出さないようなことも。たとえば仔猫(こねこ)たちのこと。庭で野良が生んだ仔猫を、かあさんが裏の川に捨てようとした日のこと。啓ちゃんも憶(おぼ)えてると思う。川辺で起ころうとしていることに気づいたのは俺で、だけどいつのまにかふたりでかあさんにしがみついてた。俺は泣きわめきながらも、「これはいったいどうしたことだ?」と目をぱちくりさせてたよ。だって啓ちゃんはそれまで、いっぺんだって猫に近寄ってこなかった。俺が給食の残りをこっそりやってるのを、ただ遠巻きに眺めてた。だから知らん顔で当然だったのに、俺と一緒になって「やめて、やめて」と叫んでいた、あのときの掠(かす)れた声。熟れたプラムみたいに上気した顔。啓ちゃんがあんなに親に逆らうのを見たのは、はじめてだった。

振り返ってみれば、かあさんはあの頃からおかしかった。そういうことが先鋭化するのはもうすこし後だけど、かあさんを押しつぶそうとするものは確実に背後の壁とのあいだを狭めていて、すでに骨が軋(きし)みはじめてたのかもしれない。啓ちゃんにはその音が聞こえてたんじゃないのか……って、そんなの十年以上経ってから考えたことだけれど。

「じゃ、捨ててきなさい」

なかで仔猫がみゅうみゅういってる菓子箱を、かあさんは啓ちゃんの胸もとに押しつけた。それからサンダルをぱたぱたいわせて道を渡って、勝手口から家に入っていっちゃった。啓ちゃんが小四、俺は一年坊主。即刻溺死させるか捨てるかの二択だなんて、ひどい取り引きだと抗議するにはまだふたりとも若すぎた。かあさんにとってふたりが何かしら支えになるにも、まだ。もっとも、その後だって俺たちはそんなことできなかったけどね。支えになることも、抗議することも、かあさんが死ぬその瞬間にさえ、一切。

仔猫は三匹とも、親と同じキジだった。尻尾も首も小さな前足も、糸をひいてるみたいな独特の動きをする。ひとつの動きとひとつの動きの間にあるのは時間でも空間でもなく、目に見えない粘液なんだ。ときどきそのネバネバした糸がふっつり切れてしまったように、仔猫たちはからだを細かく震わせた。そして再び、奇妙な粘りけのあるダンスを始める。少し前まで自分たちのいた、あたたかで居心地のいい場所を返せと抗議するみたいに。どのくらいそうしていただろう、そのうちくっつきあって眠ってしまった。まだほんとうに生まれたばかりなんだって、俺にさえわかった。あのとき母猫はどこにいたのか。ほんとは母猫を探すべきだったのに、啓ちゃんも俺も自分たちの母親のことで頭がいっぱいだった。仔猫たちをかあさんから遠ざけること、それしか考えられなかったんだ。

友だちの家を一軒一軒、行商でもするみたいに訪ね歩いたね。チャイムを鳴らし、出てきた友だちに仔猫を見せる。どこでもある段階まではうまくいく。ミルクをもらったり、肛門を刺激して排泄させる方法を教えてもらったりもした。でも結局「うちは無理」なんて大人のひと言でおしまい。獣医さんは休診で、ペットショップの店主には「ここは保健所じゃないんだ」と追い払われた。

猫をいっぱい飼ってるお婆さんがいるよ――くぐもった声で教えてくれた、あの灰色の帽子のおじさんにはなんらかの、たぶん無意味な悪意があったんだろう。そこは言うところのゴミ屋敷で、近づいただけで饐えたにおいがした。たしかに猫はたくさんいたね、疥癬にかかってるか片いっぽうの目が潰れてるか耳がちぎれてるかの猫ばかりが。俺ははなから腰がひけてしまった。こわい、くさい、かわいそう、見たくない。だけど啓ちゃんはちょっとちがったんだ。いったい何を考えてたんだよ、庭のほうをのぞきにいったりして。

掃き出し窓が音をたてて開き、家のなかからぬっと婆さんが現れた。でもこっちにはまったく興味がないか、見えてないみたいだった。婆さんは洗面器の水を地面にびしゃっとぶちまけると、何かぶつぶつ言いながら庭をうろつきだした。曲がった背中、上向いた顎、小さい子供が鳥の真似をするときみたいに後ろにむかってだらりとひろがった両腕。痩せて骨と皮ばかりなのに腹だけ瘤のように突き出ている。婆さんを目で追ううちに、俺は妙なことに気づいた。ふらふら横揺れする動きにつれて、婆さんのズボンの後ろ半分がちょっとずつずり落ちるんだ。婆さんがふらふら、ズボンがずるずる、ふらふら、ずるずる、ふらふらずるずる、で、とうとう腰骨にしわだらけの皮膚が貼りついてるだけの尻が露わになった。ほとんど骸骨の尻だがそれでも尻には違いない、婆さんがちょっと前屈みになっただけで炭を塗りつけたみたいな尻の穴が丸見えになった。俺はもう全身凍りついてしまって、啓ちゃんを振り向いたんだ。

仔猫の箱を持つ手が震えてるのに気づくまで、すごく心を揺さぶられてるんだとは思わなかった。啓ちゃんは俺がいつも頼りにしてた啓ちゃんじゃなかった。でも俺はそういう啓ちゃんを、とっくに知ってる気がしたよ。なぜこういうのに惹かれちゃうんだよって言いたかった。あのときだけじゃない。啓ちゃんはいつだって、弱いもの、いびつなものに出あうと、やすやすと心を明け渡してしまう。

山のように薬を服んで昏々と寝るだけ寝て、目を覚ませばやっかいなことを言い募っていたかあさん。あの頃はまだそうでもなかったけど、その後かあさんが手に負えなくなってくると、啓ちゃんは献身的に尽くした。いや尽くしたなんてもんじゃない、やっかいになればなるほどのめりこんだ。俺だって、かあさんのことは可哀想で仕方なかった。でも啓ちゃんとは違ったよ。

あの日、猫のいっぱいいるゴミ屋敷で、一年坊主の俺はすでに言いたかったんだ。この世にはもっと明るくて調和のとれてるものがいっぱいあるはずだ。そういうものに目を向けろよって。

わかってる。俺は啓ちゃんみたいに人の生き死にに関わる仕事なんて、とてもできない弱虫なわけだし。それにあのゴミ屋敷だって、一片の美しさもなかったと言い切れるかといえばそうじゃないのかもしれないし。でも二年くらい前にちらっと俺も会ったあの男、消化器の手術ならゴッドハンドかなんだか知らないけど、あのモグラみたいな年寄りが啓ちゃんにふさわしいとは思えなかったということは、言っとくから。

言っとくことが、もうひとつ。もし俺が、戻れないということになったら、そこにある紺色の椅子を形見に持っていってほしい。きっと啓ちゃんのいる場所を、ちょっとは居心地よくしてくれると思うから。

あのときは、異臭を放つガラクタと長い年月かけて似てきたのであろう老婆を目の当たりにして、言葉はくすぶっているだけだった。言いたいことは何ひとつ、うめき声にすらならず、俺は仔猫の入ったお菓子の箱を啓ちゃんから奪いとるのが精一杯だった。そしていちもくさんに逃げ出したんだ。

それからまたずいぶん歩いた。仔猫はときどきか細く鳴き、箱のなかで身動きし、だけどそれも間遠になって空はだんだん暮れてきた。「おなか減った？」と後ろから訊かれて、「ううん」と答えたとたん腹が鳴った。啓ちゃんは追いついてきて、俺の背中をそっと撫でた。あんまりそっとだったので泣きそうになったけど、啓ちゃんがすっと離れて先に行ってしまったから、こらえて歩き続けるしかなかった。

一度も来たことのない、長くてきゅうな坂道だったね。いや啓ちゃんは来たことがあったのかどうか。俺は菓子箱の赤い飾り文字だけを見つめ、息を切らしてのぼった。赤い飾り文字はまだ読めない英語で、リボンのようになった文字の端っこを小鳥がくわえている。小鳥は仔猫の運命なんかにはまるで興味がなさそうだった。俺はぼんやりと、ああ今日は連休の最後の日だって考えた。明日は学校だ。俺は学校に行くのが好きだった。でも自分が前と同じようにまた学校まで電信柱を一本一本触りながら歩いたり、校庭を駆けずりまわったりするとはとても思えなかった。仔猫はたすからないだろう。

息苦しさに立ち止まると、もうほとんど坂の上まできていて、空が大きくひらけていた。気づかなかったのがおかしいくらい、物凄い夕焼けだった。金魚の色、と俺は思った。何万匹もの金魚を雲のベールですくいとり絞りとり塗りこめたような空の色。そしてあの鐘の音。いったいいつから鳴ってたんだろう。耳も胸も痛くするせわしい鐘の音が、金魚色の空を攪拌せんばかりに鳴り響いていた。

「いい？」

啓ちゃんの目はきらきらと幸福そうに見えるくらいで、俺は一瞬戸惑った。うなずくことも、「どうするの」と訊くこともできずにいると、啓ちゃんは俺の背中に回って肩に手をのせた。

ふたりでそっと、箱のふたを開けた。すると仔猫はあの糸をひく動きで前脚を伸ばしたり、きょうだいのからだの上に乗っかろうとしはじめた。眠たい水がからだじゅうを充たしているときのもやもやした怠い息が、一拍遅れて箱から立ちのぼり、覗きこんでいる頰のあたりをかすめた。わずかなミルクと水だけで、自分たちがなんのために箱に詰められたかも知らないままで、仔猫たちは生まれ落ちてからの時間を確実に重ねていた。

「いやだ」

声と涙が、同時に溢れた。いったん堰を切ってしまうと止めようがなかった。啓ちゃんは両手で俺の顔を包むようにして、親指をつかって涙をぬぐってくれた。雨の日の車のワイパーみたいに、ゆっくり、同じリズムで。それから静かだけれど有無を言わさぬ強さで菓子箱を俺からとりあげ、ふたを閉めた。

「大丈夫」

問い返す間もなく、箱を抱いて駆けだした。俺はちょっとのあいだぽかんとして、慌てて（あわ）あとを追った。

あのときまだ鐘の音はきこえていたんだろうか。目に入ったのは手入れの行き届いた丸い花壇、石造りの建物とその奥の木造の建物を繋ぐ（つな）渡り廊下みたいなもの、一本のクスノキを背に赤ん坊を抱き上げてる長いベールの女の像。啓ちゃんは石の建物の大きな扉を開けようとしたけれど、びくともしない。少しだけあたりを見まわし、赤ん坊と女の像の足もとに箱を置くと、もういちど扉のところへ行って激しく叩（たた）いた。

そのとき渡り廊下に、茶色い長い服を着た外国人が現れたんだ。啓ちゃんは花壇のそばにいた俺のところに駆け戻ってきて、俺の腕を掴（つか）んで走った。ふたりで転げ落ちるように坂を下った。走って走って走り続けて、だんだん足がもつれてきて、それでも啓ちゃんは止まらなかった。家の前の川っぷちまで来て、ようやくコンクリートの土手にもたれて息をはあはあやってたら、啓ちゃんははじめて気づいたみたいに俺の手首を離した。啓ちゃんの手のあとが、真っ赤についてたよ。

「心配ないよ」

啓ちゃんは大きく息を吐いた。「ぜったい大丈夫だから、あの子たち」

空は暗くなりかけていて、白い月に星がひとつ寄り添っていた。啓ちゃんがあのとき、ほんとうに「大丈夫」と思っていたのかどうかはわからない。でも俺は啓ちゃんがそう言うのをきいて、「心配ないんだ、大丈夫なんだ」と思うことができたんだ。そう思いたい気持ちがあまりに強かったから？　きちんと考えられなくなるほど全速力で走ったから？　そうかもしれない。でもあのとき「大丈夫なんだ」と思った気持ちに、くもりはなかった。もう一度空を見上げると、月が啓ちゃんで小さい星が俺みたいに見えた。

だからと言っていいのかどうか……俺はあの日のことをすっかり忘れてしまった。完全に忘れていたんだ、長い間。不思議といえば不思議だよ、道で野良猫一匹見なかった、そんなはずはないだろうに。視界から、猫というものを締めだしてしまったとしか思えない。

思い出したのは中学一年のときで、きっかけはとくにない。たぶん物事を記憶しておける時間に限りがあるように、忘れていられる時間にも限りがあるってことなんだろう。最初は、夢だか現実だか区別がつかない感じだった。でも間違いない、現実なんだって徐々に納得せざるを得なかった。あの場所、キリスト教会もあっけなく見つかった。教会に仔猫を託そうと、啓ちゃんがひとりで決めたんだと思うと胸がしめつけられた。

――憶えてる？　あの仔猫たちはどうなっただろうね――

そんなふうに、あくまで軽い感じで、啓ちゃんに話しかけようとしたこともある。もしあの猫たちの一匹でも生き残ることができたなら、その子供の子供の子供がこの世のどこかにいるかもしれないね……そんなお気楽なことを俺が口にしていたら、啓ちゃんはいつものの、あの気に入らない人や物を見るときの癖で、右眉をくっと持ち上げただろうか。

でも、俺はときどき思い描いてたんだ。あの猫たちは助かって、この世界にちゃんとした居場所を持つことができた。食べたり眠ったり前脚を舐めたりからだをのばしたり、そういうことができる居場所をね。そんな想像をしてはほとんど幸福な気持ちになって、それから、やっぱりそれは都合のいい妄想にすぎなくて、見殺しにしたんだという悔いがやってくる。妄想にしろ悔いにしろ、ただの感傷なんだからどこかにそっとしまうしかないのに。

俺は猫という存在を、近しいものと感じるようになった。いつ頃からだろう、何かバランスが崩れそうになると深呼吸して猫缶を買う。そして事故に遭った晩のように、猫のいそうな場所に出かけてゆく。餌をやり、その姿を見つめ、ときには触れさせてもらう。逃げようもなくあの日に見たものが——仔猫たちの粘つくダンス、金魚色の空、あるいは電柱の広告とかどうでもいいもの、ときには教会のマリア像なんかが——投げこまれるように押し寄せてくる。でも一連の痛みの感覚が通りすぎると、踏み外しそうだった足もとはしゃんとして、自分を取り戻すことができる……

思いこんでいたんだ、ずっと、そんなふうに。今はよくわかる。ほんとのところ、最後に思い出すのはいつも啓ちゃんの手だった。走りながら俺の手首をしっかり掴み、腕が抜けそうなくらいひっぱってた熱い手。しばらく消えなかった啓ちゃんの手のあと。

あのとき胸に広がった、安堵と信頼。夕暮れの空に浮かんだ月と星。俺は連れ戻され、なんとかやってきた。何度でも、啓ちゃんの手にひっぱられて。

きれいな街だ。洗い晒したような柔らかな色合いと、緩やかな曲線。道も、建物も、外灯も消火栓にいたるまで、何もかもが古びて小さくて入りくんでいる。そこかしこに黄色と薄紫の草花が咲きあふれ、優雅な身なりの男や女がふと立ち止まっては、花に頬ずりするのが奇妙といえば奇妙だった。街ぜんたいが、無音のまま賑わいの気配に包まれている。

　街の中心の石畳の通りを、私は歩いていた。自分が駅とは逆方向に向かっているのは、振り返らなくてもわかる。ということは駅のほうからやってきたことになるけれど、鉄道を利用した覚えはないし、駅舎の記憶も、青銅の獅子の大きな像が出入り口に一対あったことくらいで、ひどくぼんやりしている。まるであのふたつの像が、自分たちのあいだを通る者の記憶を食べてしまったみたいに。

　しばらく行くと、道は大きな煉瓦造りの商店に突き当たった。木彫りの看板は塗装が剝げてしまったのか、粗い凹凸を目で辿るとかろうじて『シカヲイ薬局』と読める。街はそこから先、ふっつり消えるらしい。隣の細長い空き地から、店の裏手の墓地と、その向こうに茫漠と広がる湿原のようすが窺えた。空は薄い雲に覆われ、まばらに生えたハンノキが黒い影になっている。

　ガラス戸を開け、土間に足を踏み入れた。薬草の入った壜が棚にいくつも並んでいるところを見ると、潰れてはいないのだろう。覚えのある生薬が目にとまった気がして、棚に近づいてゆく。すると薄暗がりのなかに、白いスカーフをかぶった小柄な女性がいた。たっぷりの好奇心を瞳（ひとみ）にあつめてこちらを見ている。こんにちは、と言おうとして言葉を飲みこんだ。耳を隠しているけれどまちがいなくあれはキジ猫、いや口のまわりは白いしああいうのはキジ白というんだったか……と考え、あっと叫びそうになる。どうして気づかなかったんだろう。さっき通りですれ違った美しい人たち、彼らがみんな猫だったたってことに。

薬局の内部は変わったつくりだ。天井高はほぼ三階ぶんあるが、普通の建物のようにフロアが水平に分けられていない。まず大きながらんどうがあって、そこに様々な柱や床板や仕切りや棚板を、脈絡なく、気の向くままに、場当たり的に設（しつら）えたように見える。どうやって建てたのか私には想像もつかないけれど、そこには何らかの摂理が働いているという感じ、不思議なバランスがたしかにあった。ところどころ小さな窓が散らばって穿（うが）たれ、水車小屋か時計の内部のような木と煉瓦でできた洞窟（どうくつ）に、繊細な光の筋が射しこんでいた。でも薬壜の並んだ土間から天井を見上げると、そこはいつも漆黒の闇（やみ）——

ちょっとした隅っこ。涼しい風の通り道。あるいは陽に温（ぬく）もったひらけた場所。狭い穴。どこにでも、もれなく猫がいた。皆、ひっそりうずくまっているか、キジ白に与えられた煎（せん）じ薬を静かに舐めている。ああ、と私は思った。猫が突然姿を見せなくなることがあるのは、きっとここに来ている具合の悪くなった猫たちの入院施設みたいなものなんだろう。私は人間の世界で看護師だったから、猫の世界でも病院にやって来たということか。正直なところ猫は苦手だけれど、病院という世界にはよほど縁があるらしい。母親が入院したときから数えると、一生の半分を病院と関わって過ごしたことになる。

にもかかわらず、ここでの私の仕事は墓地の手入れだった。雑草を刈り、倒れている墓石を起こし、墓室が露わになっているものは埋め戻す。ときどき、荒涼とした湿原やハンノキや灰色の空をながめて汗が引くのを待つ。仕事の手順や空模様以外、あまり考えることはない。なぜこんな仕事を？ ともし誰かに問われたら、人間である自分は猫よりは腕力があるから、とでも答えるしかない。墓石はどれも同じ薄茶色の肌理（きめ）の粗い石を簡素に彫っただけで、脆（もろ）く崩れやすいので注意深く扱わねばならなかった。かたちはほとんどが丸みを帯びた単純なもの。手入れが行き届いているとはいえない古い墓が多い。

前日に直しを終えたはずの墓石が、朝になるとまた倒れている。ときには頻々（ひんぴん）と、そういうことが起こる。自分の不手際か何者かの悪戯（いたずら）か……最初のうちは怪しんだりもしたけれど、雑草の伸びが不自然にまちまちだと気づいてから見方が変わった。どうやら墓はひとりでに崩れるらしい。繰り返し倒れる墓もあれば、おとなしく落ち着いているのもある。前日までの労苦を頭から振り払い、一夜にしてぼうぼうになった草を刈り、もう何度目かわからない修繕が一からはじまる。終わりのない作業への報酬といえば、薬局の片隅に仕切られた寝室——その仕切りは私が病人でも猫でもない、よそ者である証拠だ——と、水と食事、そしてときおりふとからだの芯からやってくる、これが自分に与えられた仕事なのだという深い納得だった。

朝、墓地にでてゆくと、亡骸が私を待っていることもある。そういう日は、新しい墓をつくらなくてはならない。亡骸は棺に入って置かれていることもあれば、粗末な布にくるまれているだけのこともあった。けれど死者たちが何者なのか、運んでくるのはなんらかの役割を担った者なのか、私は知らない。なんにせよ、どの猫も惨い死に様だった。

草の上にただ横たわっていた、首もとから尻尾近くまで腹を裂かれた白猫。前夜の雨に草はまだ濡れていた。消化器外科で長年働いてきた私でも、殺戮者の手際には息をのむしかなかった。鋭い刃物で一息に切開し、入念に血抜きしたのだろう。傷ひとつ無いみずみずしい内臓が、精巧にできた標本のように朝の光に照り映えていた。若い雌、健康そのものだったに違いない。白猫は目を見開き、行く手に素晴らしい景色

──雪をかぶった尾根とか青々した海とか──を今まさに見つけたと言わんばかりの、輝くような表情を浮かべていた。私はその瞳をのぞきこんでみた。ことされる瞬間に見たものは網膜に焼きつくと、どこかできいたことがあったのだ。硬い石を思わせる目は片ほうがうっすら青みがかっていたが、どちらも薄曇りの空を映しているだけだった。硬直したまぶたを閉じさせ、腹を木綿糸で丁寧に縫合した。そして湿原と墓地の境に新しい墓穴を深く掘って埋め、納屋からまっさらの石を出してくると、白猫のための墓碑銘を考えた。

暗くなると、あたりは強い風にぐるぐる取り巻かれる。日が落ちたら仕事を終え、逃げこむように屋内に入らなくてはならない。そして薬壜の並んだ土間の奥にあるテーブルで、キジ白と風の音を聞きながらチキンスープの夕食をとった。ほかに聞こえるのは調理用ストーブの薪の燃える音、ときおり患者の咳、そして私たちの使う木の匙が皿に触れる音。私はその静けさを破りたくなかった。けれど使いこんだ木の匙が唇に触れると、否応なく胸の底からなにかが呼びかけてくる。その声に、応えないわけにはいかなかった。

あの場所がカトリック教会だということは知っていた。はじめて行ったのは、信者だった友だちに「バザーがあるから」と誘われた秋の週末。仔猫を捨てる半年くらい前のことだ。バザーは手作りのクッキーや花瓶敷きを売っているだけのひっそりした催しで、ひなびた感じが子供なりに心地よかった。天気はよく、空気のなかに樹木のぴりっとした匂いがした。友だちは日曜学校の仲間のところに行ってしまい、私はひとりで教会の裏手にある墓地をぶらついた。十字架のかたちや百合(ゆり)の紋章を彫刻した、多くは外国人の名が刻まれた墓碑がイチイの木に囲まれている。外国では火葬しないときいたことがあるけれど、自分の立っている地面の下にもしかすると死体が埋まっているのだろうか。どこかうわの空で、そんなことを考えていた。

石に刻まれた文字を指で一心になぞり、ふと顔をあげると、大きな男がいた。ぜんたいに大柄だったかというと、よくわからない。ただ男の目や肉厚な耳や黒々した眉や鼻、といった部分はどれも並外れて大きかった。

　私が立ちあがると、眼球からして別誂(あつら)えの感のある視線が揺らいだ。

「どうしてこんなところにいるの?」

　震える声だった。私のまわりにそんなやさしい声の男の人はいなかった。

それからイチイの木の陰で私が見たのは、不思議な熱心さだった。手の動きと相反して、静まりかえっていた男の大きな顔。大きな驚きのなかに固定された大きな静けさ。男は私に触れはしなかった。触れたり触れられたりしたくないというかたくなな感じが男にはあって、それがなぜだか生々しく記憶に残った。

あとになって、何度も自分に問いかけた。仔猫を教会に置いてきたのは、帳尻を合わせたかったのだろうか。自分が嫌な目にあった場所に対してなんらかの報復——責任を負わせるとか罰を与えるとか——をしようという意図が、無意識にしろあったのだろうか。

自分を正直に理解するのは難しい。行きたくなかった。ほんとうは近づくのも怖かった。でも何かを委ねるなら、見ず知らずのところよりはいいはずだと十歳の私は考えたのだ。自分と関わりのあるところ。大事なものなら、なおさらだった。

木の匙がことりと音をたてた。顔をあげると、キジ白が私をじっと見ている。

「あなたがた人間からは、そう見えないかもしれませんが」

キジ白は薬壜の棚を見渡した。それまで行ったすべての処方を思いだしているかのように。

「私たち猫という生き物は、生きることに多くの無理があります。その点では、あなたがたより研ぎ澄まされているかもしれません」

キジ白は口もとをナフキンで拭い、問いかけるような目をこちらに向けたけれど、私は答えられなかった。

「あなたがた人間ほどいろいろなものを持っていないぶん、失ってもいない。でも失っていないぶん、奪われます。私たちとあなたがたの隔たりがいったいどれほどのものなのか、私にはわかりません。知ろうという気持ちもありません」

キジ白の言葉を、私がちゃんと理解できたとは言い難い。それでも、彼女の好意は身にしみた。

キジ白は立ちあがると「墓はもう、荒れるにまかせておきましょう」と言った。そして脚がカタカタ音のする踏み台に乗ると、高いほうの棚に手を伸ばした。

「あなたにこれをお見せしたかったのです」

テーブルの上に置かれたそれを見て、胸が押しつぶされそうになる。白いつやつやした紙箱に、赤い飾り文字。あのお菓子の箱だった。もしもう一度あの仔猫たちに会えたら、あんなふうに手放しはしないだろう。私も一緒に家を出る、と言って親を脅すことだってできたのに、あのときはそんな知恵も勇気もなかった。

「開けてごらんなさい」

私はおそるおそるふたを開けた。

なにもない。夜のような暗さが底深く続いている。

「なにも……見えません」

顔をあげると、キジ白はあたまからスカーフを取り去った。そうやって耳が露わになると、彼女のからだはすすっと小さくなって、丸裸の一匹の猫そのものになった。とん、とテーブルの上に身軽く乗り、くつろいだようすで横たわる。キジ模様のない真っ白い腹の毛をわずかに見せて、掠れたような声で鳴く。声につられて何かがひたひたと寄せてくる。指先があたたかくなってくる。スカーフをかぶっているあいだは気づかなかったけれど、彼女の胸のあたりの白い毛だけが少し上向きに逆立っていて、それが記憶のフックにくるりと巻きつく。触りたかったのだ、とても。あの仔猫たちの母猫も、濃いキジ模様がすっかり覆っていたのは彼女の顔や背で、光の当たりようでは金色に見えた内側の毛が、やさしい顔の下で風を受けるように逆立っていた。野良猫なのに誇り高い雌ライオンみたいで、それが最初に私を惹きつけたのだった。

キジ白からやってくる、聞こえない音のうねりに包まれ、私は箱のなかをもう一度のぞきこむ。闇が深く、大きくなる……

ずっと手探りしていた。そこにあるかどうかわからないものを、あると信じて。永遠に揺るがない関係とか、追い続けることのできる目標とか。でも私の手が探りあてたのは、枕もとの目覚まし時計くらいなものだった。

それでも何かを摑もうとして、あっと思った。

真っ暗ななかで携帯電話が鳴っている。手にした途端、切れてしまった。俊の入院している病院からだった。

ベッドサイドの読書灯を点けると、夜の海のような青色が浮かび上がった。とうとう、ということなのか。震える指先で発信ボタンを押し、コール音を聞きながら、何度か経験してきた逆の立場を思いだそうとしてみる。うまくいくわけがなかった。

三階西病棟です、という年配の師長の声と同時に、電話の向こうからナースステーションの気配が押し寄せる。

「山川ですが……」

準備ができているとは思えない。ふと、さっき見た夢が甦る。夢というより、思い出すこともできないまま、忘れることは尚更できなかったもの。ことばが、こばとになって飛んでくる。何羽もの白いこばとが空の彼方から、私だけを目指して飛んでくる。

「もしもし、きこえてる？　山川さん？」

呼びかけられて、息をとめていたことに気づいた。

「……だからしばらくようすを見てたんだけど、間違いないと思う」

「いつからですか」

時計を見る間が一瞬空く。「左手の随意運動が二時間前から。今は瞳孔の反射も強まってる」

夢のなかで、私たちは子供だった。胸の奥から何かが漏れ出ていくのを止められなかった、あの長い坂道。あの長い一日を、私たちは過したのだ。

「意識が戻るかもしれない、今夜にも」

「すぐ行きます」

連れ戻します――心のなかでそう言うと、電話を切った。

解説

梯 久美子

すべての文節に光がさしている。これはそんな小説集だ。悲しみや痛みを語る言葉も、分けへだてなく透明な明るさに満たされている。

単に文章が美しいのではない。この本を手に持ち、字面(じづら)を追っていくうちに、読み手の意識や、そのひとりひとりが抱える傷までもが光に満たされていくような、独特の感じがあるのだ。

その秘密はおそらく「時間」にある。作品の中に降り積もる時間の層が、雨水をろ過する地層のように、言葉の透明度を増すはたらきをしているのである。

収録された六篇はすべて、主人公によって語られる過去の回想が重要な部分を占めている。だから作品内の時間は一方向にだけ進むのではなく、ゆきつもどりつしながら、複数の人間の時間が重なっていく。そこには必ずと言っていいほど、「死」が含まれているので、普通なら、重なるほどに翳(かげ)りを濃くしていくはずなのだが、そうはならない。

何度目かに読み返しているとき、高校の美術の時間に習った「光の三原色」を思い出した。すべての色のもとになっているのは、赤・青・緑（黄）の三色で、これらを混ぜ合わせることでさまざまな色ができる。絵の具やインクの場合は、色を混ぜるほどに暗く濁っていき、三色全部を重ねると黒になってしまう。だが光の場合は、混色によって明るさが増し、全部重ねると白になる。色が消えて透明になってしまうのだ。

それと同じように、本書では、多くの過去が語られ、そのぶん涙や傷や複雑な思いが積もっていくのに、作品世界は決して暗くならない。まるで、重なりあう時間が光となって、文節の一つ一つを照らしているようだ。

抽象的な言い方になってしまったが、本書を読み終えた読者なら、頷いてくれるのではないだろうか。デビュー作の『夏の庭―The Friends―』からずっと、湯本香樹実という作家の書く文章は、さまざまな喪失のかたちを描きつつ、独特の透明感をたたえていた。それが本書では、読み手に深い慰めを与えるところにまで至っているように思う。

収録されたどの作品の中でも、時間が重なりあっていると書いたが、それは語り手をはじめとする登場人物の時間であるとともに、読み手の時間でもある。私は本書を読んでいて、自分自身の記憶が、目の前で映画のフィルムが廻っているかのようによみがえってくる経験を何度かした。物語の時間を追いかけながら、それと並行して、自分自身の過去の時間が流れ出すのだ。

たとえば本書の冒頭に置かれた「緑の洞窟」。表題にある洞窟とは、隣り合って植えられた二本のアオキの木の間の狭い空間のことだ。それは主人公が六歳から七歳のときに住んでいた家の庭にあった。

> つややかな緑の繁りをかきわけ、潜りこんでしまうと、そこは二本の木が足もとをくつろがせる洞窟だった。湿った土のにおいと、腐葉土の上を這い回る虫たち。葉のあいだから明るい外に目をやると、自分の家が、まるで深い森を彷徨った末に辿り着いた見知らぬ場所のように映り、何度でも、その度に、息をのんでしまう。
> （中略）私にとって家が知らない場所なら、家にとっても私は知らない子供のはずだった。その隔たりの感触は、心地よかった。

読みながら浮かんできたのは、幼いころの私が、同じように狭くて暗いところから外界を見ている場面である。私の洞窟は、五歳まで暮らした古い平屋の、北向きの和室の隅に置かれていたミシンだった。

ミシン台と踏板の間の、鉄製の脚に囲まれた四角い空間。膝を抱えてそこに入り込むと、隣の茶の間ごしに、台所で立ち働く母親が見えた。いつも見ている母親ではなく、それこそ物語の登場人物のように、遠く小さく、あざやかに見えた。あの穏やかな孤独の感覚――。

何十年も前のそんなイメージがいままで自分の中に存在し続けていたことに驚きつつ読み進めていたら、こんな文章に行き当たった。カナダのトロントで教鞭をとる主人公が、病気の父親の見舞いに帰国し、小学校一年のときに母と双子の弟と三人で写した写真を見つける場面である。緑の洞窟で親に隠れて一緒に遊んだ弟は、生まれつき病弱で、その二年後に亡くなっていた。

私は弟と私の幼さに目を見張った。もちろん、一般に小学校に入ったばかりの子供がどのくらいのものなのかはわかっているつもりだし、あまり上等とはいえないが私も父親になり、娘を育ててきた。それでも不意打ちを食らったようになったのは、あの日の自分がまだそのまま、自分の中にいたせいだろう。

そうなのだ。過去の自分が消えて、いまの自分になったのではない。幼い日の自分は、失われることなく、そのまま現在の自分の中にいる。時は過ぎ去っていくのではなく、積み重なっていくのだ。

一本の木が、外からは見えなくても、幾重もの年輪を内側に抱いているように、人間も、生きてきた時間のすべてを抱いて存在している。三歳の私も三十歳の私も、いまこのときの自分の中にいるのである。

「緑の洞窟」の主人公は多くのものを失う。話の筋だけをたどれば、喪失の物語といっていいだろう。だが、作者は最後に彼に語らせる。「今も私のなかにはあの緑の洞窟があって、しようと思えばいつでも、心地よく湿った暗がりからこの世界の不思議さに目を見張ることができる」と。

本書の最後に置かれた表題作「夜の木の下で」でも、過去の記憶が大きな役割を果たす。思い出すというそのことが、傷ついた魂を癒し、力づけるのだ。

主人公の姉弟は、子供の頃から複雑な家庭の中で助け合い、支え合ってきた。交通事故に遭った弟は、生死の境をさまよいながら、幼い頃の姉との記憶をたどる。庭で野良猫が生んだ仔猫たちを捨ててくるように母親に言われて町をさまよった日、二人は教会のマリア像の足元に仔猫たちを置いて全速力で走った。そのとき手首をしっかりと摑んでくれた姉の手――。
その後、仔猫を見殺しにしたという悔いに心を痛めながらも、彼はいつか猫という存在を近しいものと感じるようになる。そして、自分の中でバランスが崩れそうになると猫缶を買い、猫のいそうな場所に行って餌をやるようになるのだ。

逃げようもなくあの日に見たものが――仔猫たちの粘つくダンス、金魚色の空、あるいは電柱の広告とかどうでもいいもの、ときには教会のマリア像なんかが――投げこまれるように押し寄せてくる。でも一連の痛みの感覚が通りすぎると、踏み外しそうだった足もとはしゃんとして、自分を取り戻すことができる……。

思いこんでいたんだ、ずっと、そんなふうに。今はよくわかる。ほんとのところ、最後に思い出すのはいつも啓ちゃんの手だった。走りながら俺の手首をしっかり摑み、腕が抜けそうなくらいひっぱってた熱い手。しばらく消えなかった啓ちゃんの手のあと。

あのとき胸に広がった、安堵と信頼。夕暮れの空に浮かんだ月と星。俺は連れ戻され、なんとかやってきた。何度でも、啓ちゃんの手にひっぱられて。

記憶が人を生き延びさせるということが、確かにある。思い出すことは、ときに痛みをよみがえらせることでもあるが、その痛みを経た先にある光のさす場所を、本書は静かに指し示す。この解説文の前半で、本書が深い慰めを与えてくれると書いたのは、このことだ。

大切な人やものたちと、たとえ何度別れたとしても、私たちは本当は何も失わない。失ったと思いこんでいたものだって、取り戻すことができるのだ。思い出す、という行為によって——。そのことが胸にひびくようにして伝わってきて、読み終えた後、あたたかな涙が流れた。

（平成二十九年九月、作家）

この作品は平成二十六年十一月新潮社より刊行された。

ヴェルヌ
波多野完治訳
十五少年漂流記
嵐にもまれて見知らぬ岸辺に漂着した十五人の少年たち。生きるためにあらゆる知恵と勇気と好奇心を発揮する冒険の日々が始まった。

ウィーダ
村岡花子訳
フランダースの犬
ルーベンスに憧れるフランダースの貧しい少年ネロは、老犬パトラシエを友に一心に絵を描き続けた……。豊かな詩情をたたえた名作。

J・ウェブスター
岩本正恵訳
あしながおじさん
孤児院育ちのジュディが謎の紳士に出会い、ユーモアあふれる手紙を書き続け——最高に幸せな結末を迎えるシンデレラストーリー！

オールコット
松本恵子訳
若草物語
温和で信心深い長女メグ、活発な次女ジョー、心のやさしい三女ベスに無邪気な四女エミイ。牧師一家の四人娘の成長を爽やかに描く名作。

O・ヘンリー
小川高義訳
賢者の贈りもの
—O・ヘンリー傑作選I—
クリスマスが近いというのに、互いに贈りものを買う余裕のない若い夫婦。それぞれが一大決心をするが……。新訳で甦る傑作短篇集。

J・オースティン
小山太一訳
自負と偏見
恋心か打算か。幸福な結婚とは何か。十八世紀イギリスを舞台に、永遠のテーマを突き詰めた、息をのむほど愉快な名作、待望の新訳。

R・キプリング
田口俊樹訳

ジャングル・ブック

オオカミに育てられた少年モウグリは成長してインドのジャングルの主となった。英国のノーベル賞作家による不朽の名作が新訳に。

グリム
植田敏郎訳

白雪姫
—グリム童話集(I)—

ドイツ民衆の口から口へと伝えられた物語に愛着を感じ、民族の魂の発露を見出したグリム兄弟による美しいメルヘンの世界。全23編。

ゲーテ
高橋義孝訳

若きウェルテルの悩み

ゲーテ自身の絶望的な恋の体験を作品化した書簡体小説。許婚者のいる女性ロッテを恋したウェルテルの苦悩と煩悶を描く古典的名作。

テリー・ケイ
兼武進訳

白い犬とワルツを

誠実に生きる老人を通して真実の愛の姿を美しく爽やかに描き、痛いほどの感動を与える大人の童話。あなたは白い犬が見えますか？

E・ケストナー
池内紀訳

飛ぶ教室

元気いっぱいの少年たちが学び暮らすギムナジウムにも、クリスマス・シーズンがやってきた。その成長を温かな眼差しで描く傑作小説。

ゴールズワージー
渡辺万里訳

林檎の樹

若き日の思い出の地を再訪した初老の男。その胸に去来するものは、花咲く林檎の樹の下で愛を誓った、神秘に満ちた乙女の面影……。

H・A・ジェイコブズ
堀越ゆき訳

ある奴隷少女に起こった出来事

絶対に屈しない。自由を勝ち取るまでは――残酷な運命に立ち向かった少女の魂の記録。人間の残虐性と不屈の勇気を描く奇跡の実話。

チェーホフ
神西清訳

かもめ・ワーニャ伯父さん

恋と情事で錯綜した人間関係の織りなす日常のなかに、絶望から人を救うものは忍耐であるというテーマを展開させた「かもめ」等2編。

ツルゲーネフ
神西清訳

はつ恋

年上の令嬢ジナイーダに生れて初めての恋をした16歳のウラジミール――深い憂愁を漂わせて語られる、青春時代の甘美な恋の追憶。

トルストイ
木村浩訳

アンナ・カレーニナ（上・中・下）

文豪トルストイが全力を注いで完成させた不朽の名作。美貌のアンナが真実の愛を求めるがゆえに破局への道をたどる壮大なロマン。

J・M・バリー
大久保寛訳

ピーター・パンとウェンディ

ネバーランドへと飛ぶピーターとウェンディ。彼らを待ち受けるのは海賊、人魚、妖精、人食いワニ。切なくも楽しい、永遠の名作。

R・バック
五木寛之創訳

かもめのジョナサン【完成版】

自由を求めたジョナサンが消えた後、彼の神格化が始まるが……。新しく加えられた最終章があなたを変える奇跡のパワーブック。

ブコウスキー
青野聰訳

町でいちばんの美女

救いなき日々、酔っぱらうのが私の仕事だった。バーで、路地で、競馬場で絡まる淫猥な視線。伝説的カルト作家の頂点をなす短編集！

R・ブラウン
柴田元幸訳

体の贈り物

食べること、歩くこと、泣けることはかくも切なく愛しい。重い病に侵され、失われゆくものと残されるもの。共感と感動の連作小説。

M・ブルガーコフ
増本浩子
V・グレチュコ訳

犬の心臓・運命の卵

人間の脳を移植された犬、巨大化したアナコンダの大群――科学的空想世界にソ連体制への痛烈な批判を込めて発禁となった問題作。

E・ファージョン
野口百合子訳

ガラスの靴

妖精の魔法によって、少女は煌めく宝石とドレスをまとい舞踏会へ――。夢のように魅惑的な言葉で紡がれた、永遠のシンデレラ物語。

ヘッセ
高橋健二訳

車輪の下

子供の心を押しつぶす教育の車輪から逃れようとして、人生の苦難の渦に巻きこまれていくハンスに、著者の体験をこめた自伝的小説。

ヘミングウェイ
福田恆存訳

老人と海

来る日も来る日も一人小舟に乗り出漁する老人――大魚を相手に雄々しく闘う漁夫の姿を通して自然の厳粛さと人間の勇気を謳う名作。

新潮文庫最新刊

花房観音著

くちびる遊び

唇から溢れる、悦びの吐息と本能の滴り。団鬼六賞作家が『舞姫』『人間椅子』など名作に感応し描く、文庫オリジナル官能短編集。

彩藤アザミ著

サナキの森

新潮ミステリー大賞受賞

小説家の祖父が書いた本に酷似した80年前の猟奇密室殺人事件。恋も仕事も挫折した引きこもりの孫娘にはその謎が解けるのか?

小野寺史宜著

リカバリー

不運な交通事故。加害者の息子はサッカー選手になると心に誓う。あの子の父親とピッチで対決したい! 立ち上がる力をくれる小説。

松尾佑一著

彼女を愛した遺伝子

遺伝子理論が導く僕と彼女が結ばれる確率は0%だけど僕は、あなたを愛しています。純真な恋心に涙する究極の理系ラブロマンス。

黒柳徹子著

トットひとり

森繁久彌、向田邦子、渥美清、沢村貞子……大好きな人たちとの交流と別れを綴った珠玉のメモワール! 永六輔への弔辞を全文収録。

「選択」編集部編

日本の聖域(サンクチュアリ) クライシス

事実を歪曲し、権力に不都合な真実には沈黙する大メディアが報じない諸問題の実相を暴く人気シリーズ第四弾。文庫オリジナル。

夜の木の下で

新潮文庫　ゆ－6－4

平成二十九年十一月一日発行

著者　湯本香樹実

発行者　佐藤隆信

発行所　株式会社　新潮社

郵便番号　一六二―八七一一
東京都新宿区矢来町七一
電話　編集部(〇三)三二六六―五四四〇
　　　読者係(〇三)三二六六―五一一一
http://www.shinchosha.co.jp

価格はカバーに表示してあります。

乱丁・落丁本は、ご面倒ですが小社読者係宛ご送付ください。送料小社負担にてお取替えいたします。

印刷・大日本印刷株式会社　製本・加藤製本株式会社

ISBN978-4-10-131514-0 C0193